DIX-SEPT ANS,
PORTE 57

Marie Lebey

DIX-SEPT ANS, PORTE 57

BALLAND

à Thierry Levy

1.

Elle? Elle était pourtant papillonnante et drôle avant, mais depuis le jour où son mari et sa fille se tuèrent dans un accident d'avion, le petit Jésus lui a fait trop de mal. J'ai oublié de pleurer ce jour-là et maintenant je sanglote parce que je n'ai pas réussi à trouver de place pour le concert des Rolling Stones samedi. Une famille cela devrait être l'endroit où l'on prend au tragique les mêmes bêtises! Voilà ce que je voudrais lui dire à ma maman cocktail, ma maman pique-petit-four, reine des buffets de mariage, si seulement elle n'était pas toujours si bien coiffée...

« A taaaaaaableu! » Ce refrain ennuyeux qu'elle me fredonne tous les soirs à travers le couloir qui va de la cuisine à ma chambre, j'ai du mal à le reprendre avec elle, je n'ai jamais faim, et puis le hachis à la mode de chez nous...

« Marie je ne te le répéterai pas deux fois : A TA-BLEU! Mais qu'est-ce que j'ai fait au petit Jésus pour avoir une fille pareille! »

C'est vrai que lui a-t-elle fait au petit Chose? Cette mère cordon bleu, sans peur et sans reproche, qui fait tout pour qu'on ait besoin d'elle! Cette mère-père qui suscite l'admiration de toutes ses amies bridgeuses du mercredi après-midi. J'aaarriveu!

Dans la cuisine je la trouve assise sur son tabouret, droite comme un sens interdit, en train d'observer d'un air désolé mon frère Rémi ratisser son assiette avec un bout de pain pour faire place nette au fromage.

« Allez Mimi, mets ta serviette et mange proprement S'IL TE PLAÎT! »

Avec l'assurance d'un chasse-neige sa fourchette laisse des traces de pneus sur mon hachis pour le faire refroidir... Hum! ch'est chow! Et une bouchée pour Mick Jagger, et une bouchée pour Ron Wood! Dans la poudreuse, la viande hachée à un arrière-goût de mort, alors pour éviter l'avalanche, je bois une gorgée de Coca entre chaque pelletée de purée. Allez courage Mimi, encore une pour Charly Watts! Une toute petiote pour Bill Wyman... Là! Et la der des der pour Keith Richard mon préféré! Mesdames et Messieurs : les Rolling Stones ne donneront jamais plus de concert aux Abattoirs! Je relève la tête victorieusement et essaye de m'intéresser au monologue de ma mère qui peste contre ce musée de tuyaux qu'on est en train de construire près du trou des Halles. Il faut toujours qu'elle cherche des références culturelles aux choses avant de les aimer, sinon elle ne les aime pas. « Allez Mimi, prends un peu de fromage! » Moi, je n'ai pas besoin de savoir que c'est bourré de calcium pour détester « la Vache qui rit », elle si, et c'est pour ça qu'elle n'aime ni Picasso, ni les Stones, ma maman tasse de thé. « Quand on pense que c'est avec notre argent qu'on paye toutes ces cochonneries ! » lance-t-elle à Rémi qui s'en fout et continue à jardiner son assiette de haut en bas comme s'il pouvait encore y faire pousser du hachis. Comme moi je ne pense jamais, je la laisse faire ses courants d'air toute seule sur mon frère et rêve à Sépideh, cette princesse iranienne si belle et son mari de prince si vieux. Sépideh, elle, elle aime Picasso, elle en a même un dans son entrée... Tout petit, mais elle en a tout de même un ! De l'ordinaire mon amie en fait du magique... Par exemple j'ai un poisson rouge qu'une voisine m'a collé entre les bras avant de partir en vacances, un poisson rouge tout seul c'est ridicule, ça fait « glou-glou » c'est tout ! Eh bien ceux du gigantesque aquarium que Sépideh s'est fait construire devant la fenêtre de sa salle de bains pour y cacher la vue sur la cour, ceux-là font « glow-glow » en anglais. Tout est si sophistiqué chez elle, si raffiné, ses robes, ses ongles de pieds peints en rouge, qui l'été brillent à travers ses sandales comme de minuscules petits rubis ; et surtout son chien « Boubouche », petit archange bourré de diplômes, aboyant pour un « yes » ou pour un « no », qui passe ses après-midi à voyager chez les grands couturiers dans le sac à main de sa maîtresse entre un poudrier et un mouchoir en soie. J'avais fait sa connaissance par un ami de mon grand frère Antoine, il y a environ un an, comme la Perse était à la mode et moi aussi, même si j'étais incapable de situer ce pays sur une carte, j'interrogeais cette princesse d'opérette sur son mystérieux pays. Je l'écoutais parler d'elle, sans lui parler de moi, qu'aurais-je pu lui dire d'ailleurs ? Que je venais de rater mon BEPC à cause de l'orthographe ?

Sépideh avait une noble vision des choses, une vision de femme orientale sortie des Mille et Une Nuits et cela me faisait rêver. Le spectacle de cette femme transfigurée, lorsqu'elle exprimait à voix haute ses sentiments, me rappelait les moments délicieux de mon enfance où je grimpais les six étages qui menaient aux chambres de bonnes, pour recueillir les confidences de notre Colette sur ses amours impossibles avec un prince russe, chauffeur de taxi. C'est elle qui a voulu me revoir. J'étais étonnée et même flattée qu'une femme comme elle s'intéresse à une gamine comme moi, et en même temps pas du tout. J'avais du succès, je le savais et cela me parut normal qu'elle me téléphone. D'ailleurs je n'étais pas si sûre que cela me fasse plaisir, j'avais seize ans et demi, elle avait trente, trente-trois ans, un enfant, et une fois épuisées les beautés de la Perse, je ne voyais pas ce qu'on pouvait se raconter d'autre.

Pourtant je suis allée chez elle, rue François-Ier, une première fois, suivie de beaucoup d'autres, j'étais fascinée devant tout « l'inutile » qui l'entourait et même bluffée par la manière désinvolte avec laquelle elle disposait des boîtes de kleenex sur les meubles de son salon, au cas où ses invités se laisseraient tenter par la coupe de pistaches qui traînait en permanence sur sa cheminée. C'est en me parlant de sa petite fille qu'elle a gagné sur ma timidité, même si je trouve bizarre qu'elle ne soit jamais là. D'elle il y a une photo posée sur le piano dont je me contente, tout en trouvant étrange l'indifférence avec laquelle sa mère l'a mise dans un pensionnat suisse.

Ce qui en revanche me semble si curieux, c'est cette passion amoureuse de Sépideh pour son mari. Le prince est beau, intelligent, a de l'humour, paraît-il mais il a soixante-dix ans! Que se passe-t-il entre ces deux êtres? Une nouvelle forme d'amour révolutionnaire, et encore plus chic que les autres? Le prince est un personnage qu'on voit rarement, Sépideh le dit très occupé par ses affaires et je me demande souvent pourquoi cet homme si puissant épuise ses dernières forces dans la solitude de son bureau. Généralement, en fin d'après-midi, il fait irruption dans le salon en traînant sur les tapis de soie ses vieux chaussons afghans, et je ne sais jamais si c'est pour me dire bonjour ou me faire comprendre que je dois m'en aller. Pourtant il est très gentil avec moi et hier il m'a même offert un billet d'avion pour accompagner sa femme en Iran, regrettant, disait-il, d'être trop vieux pour faire si souvent le voyage. Comme c'était mon anniversaire, j'avais une bonne excuse pour le prendre, et je l'ai pris sans oser lui avouer que maman ne voudra jamais me laisser partir là-bas. Elle a un principe : ne jamais accepter ce qu'elle ne peut pas rendre, et comme maman est ruinée, elle n'accepte que les compliments ou les cigarettes, *mais juste une alors!* Quelle vie de chien! Il y a des jours comme aujourd'hui où je me dis que si Dieu existe, j'ai dû marcher dedans!

« Un peu de riz au lait? » Non merci. « Allez Mimi juste une cuillère pour me faire plaisir! » Je grimace vers ma montre en prenant l'expression d'horreur d'une actrice de film muet qui découvre Charlot sous son lit, et sors prétextant que j'ai promis à la voisine de promener son chien après le dîner. Bien sûr ce n'est pas vrai, le caniche de Mme Mercier a déjà fait un petit « pissou » à 7 heures sur la roue avant du vélo de la concierge, mais le riz au lait de ma mère... même le porridge est un laxatif à côté!... Et puis de toute manière je mens comme je respire, alors! Alors, je descends au « Balto » faire un flip avec l'espoir de trouver autre chose, quelque chose, quelqu'un d'autre à qui je pourrais dire la vérité telle que je la vois. Ce genre d'excursions au café d'en face ne marche pas toujours, pourtant elles me rassurent: je me sens encore plus seule qu'à la maison, mais au moins je sais que je le suis, comme tout le monde. Au flippeur ce que j'aime le plus c'est le bruit de la balle lorsqu'elle va se cogner sur les bords des trottoirs lumineux. Je pourrais rester des heures à écouter les garçons s'exciter sur cette machine, comme s'ils cherchaient à donner des claques à la sirène en bikini derrière la vitre, qui avale toutes leurs pièces de un franc sans un battement de cils. Comme j'aimerais être cette sirène! Cette Ondine sous verre qui n'a pas besoin de manger de la Vache qui rit pour être pleine de calcium... C'est vrai que

Dix-sept ans, porte 57

« Quand on pense qu'il y a des millions de gens qui meurent de faim, comme dit l'autre, on finit son assiette »... Mais quand on pense qu'il y a des milliers de mères qui emmerdent leurs filles, on se dit qu'il vaut mieux partir avant que son avenir commence à sentir les odeurs de cuisine.

Pour la Toussaint, Marie décide de partir en Iran. Pourquoi ? Pourquoi pas ! Elle est ainsi faite, l'essentiel peut basculer sur un coup de tête. Pour sa mère comme pour tout le monde, elle est en Angleterre pour perfectionner son anglais. Quand l'avion décolle, elle se sent légère, nouvelle. Sans le savoir Mimi est atteinte d'un cancer d'identité. Les premiers symptômes de la maladie se sont déclarés à l'âge de huit ans, lorsque les sœurs de Sainte-Marie de Neuilly lui firent tripler sa dixième parce qu'elle ne savait pas le verbe « être ». Ce qui explique peut-être sa décision de devenir actrice et le fait qu'elle n'y soit pas encore arrivée. Des détails sur l'enfance de Marie ? C'est assez difficile, comme elle était la dernière on a oublié dans le brouhaha familial de prendre des photos. Oui, c'est vrai, il y en a bien une d'elle à huit ans avec ses parents, posant devant leur avion, mais on la voit mal car elle a le visage enfoui dans la veste de son père. C'est l'histoire que m'a racontée Colette, la Bretonne qui servit chez eux pendant vingt ans, qui illustre le mieux l'influence de l'éducation paternelle et sa vision du monde masculin.

A l'époque, Marie devait avoir sept ans... Elle était brune comme une châtaigne avec des yeux noisette qui tiraient vers le miel lorsqu'elle préparait une bêtise. Un dimanche où toute la famille était à la campagne, Colette déposa sur la table le dessert. C'était un plat de petits-suisses, véritable fête pour les enfants qui les mangeaient avec une banane écrasée. Clara la blonde aux yeux pervenche, qui n'en ratait jamais une pour étaler sa science, déclara d'un ton fier que les petits-suisses poussaient sur le mont Blanc et que si la montagne paraissait si blanche, c'était à cause de la crème fraîche que le soleil faisait dégouliner sur ses versants. Lorsque son papa lui expliqua que c'était de la neige, elle lui répliqua avec la conviction d'une Bernadette Soubirous que sa maîtresse ne se trompait jamais. Clara était si sûre d'elle qu'elle finit par pousser à bout les nerfs de son père, qui l'envoya privée de dessert dans sa chambre pour y voir si les petits-suisses y poussaient.

Marie, voyant le triste sort réservé à sa sœur, se dit que si elle voulait sa troisième banane, cela ne servait à rien de répéter qu'elles poussaient sur les grands garçons qui avaient leur BAC, comme lui avait soufflé en secret son frère Antoine. Alors elle se mit à chercher *autre chose, quelque chose, la chose...* En désespoir de cause elle monta sur les genoux de son papa et lui demanda de sa voix la plus câline dans le creux de l'oreille, si elle pouvait reprendre du dessert. Je crois que si le père avait su les conséquences qu'entraînerait sa réponse sur la vie de sa fille, il n'aurait jamais dit « oui ». Voilà comment Marie apprit à parler aux hommes. Elle sait parler aux Petits-Suisses, mais elle ne sait toujours pas où poussent les hommes.

Il fait nuit à travers le hublot du 747. L'hôtesse m'apporte un plateau. Chouette il y a du caviar! J'entame la grosse motte de perles grises comme si c'était des carottes râpées, l'air de dire : « C'est bon pour la santé, c'est plein de vitamines! » Quant à la coupe de champagne qu'on vient de me tendre, je ne la bois pas : Je l'é-li-mi-ne!

En fait, je n'aime pas le caviar, c'est trop salé ni le champagne, cela me donne mal à la tête, mais je me force à l'aimer. Si j'avais écouté ma mère, j'en serais encore aux week-ends à la campagne et aux « Bonjour monsieur! » et aux « Bonjour madame! » N'allez pas croire pour autant que je veuille grandir et devenir un être équilibré! Non, je préfère être é-qui-li-bri-ste!

Les lumières de Téhéran apparaissent et l'avion sort son train d'atterrissage... C'est bizzare, il neige en Perse!

A peine l'oiseau pose-t-il ses pattes sur le sol, que je me précipite vers la sortie, bousculant sur mon passage un groupe d'ingénieurs français qui regardent d'un œil étonné cette gamine mal élevée. A la porte, l'hôtesse me fait signe d'attendre gentiment avec les autres que le grand escabeau soit en place pour descendre. Alors j'attends. Du haut de mon perchoir, j'aperçois une limousine noire qui stationne au bas de la passerelle comme un gros corbeau sur un champ de neige. A côté d'elle, un homme fait les cent pas pour se réchauffer. Je cherche affolée le visage de ma princesse : personne. Que faire si elle ne vient pas ? Je n'ai ni son adresse, ni son numéro de téléphone et je suis sans argent et sans billet de retour. Un des idiots qui s'impatiente me pousse avec sa valise pour que j'avance. BRR ! BRR !... Il fait un de ces froids ici !

Je me jette la tête la première dans le minibus, lorsque j'entends quelqu'un derrière mon dos écorcher mon nom : « Miss Labé. »

Je me retourne : personne. J'ai dû rêver. Soudain une main s'accroche à mon imperméable... Chic ! C'est l'homme à la voiture ! Quelle blague, il m'arrive au menton !

L'inconnu m'annonce que la princesse ne viendra pas, mais qu'il se fera un plaisir de me conduire jusqu'à elle. Pas très rassurée je prends place à l'intérieur de la voiture qui file vers une des portes de sortie réservée aux VIP. A la douane, je ne fais pas la queue avec les autres touristes car l'homme m'entraîne dans un bureau à part, où un civil tamponne mon passeport. Ça y est ! Je suis en Perse !

Le vrai-faux douanier me tend la main en baragouinant quelques mots de bienvenue en persan, puis nous rejoignons le chauffeur qui a réussi à trouver mes valises. Comment ? Je n'en sais rien d'ailleurs je m'en fiche !

Pendant le voyage, j'apprends que le nain s'appelle M. Doleimani, qu'il a un frère jumeau du nom de Farad, et qu'il est un fidèle serviteur de sa majesté le Shah d'Iran.

Histoire de me mettre à l'aise, M. Doleimani me raconte les anecdotes de son dernier séjour à Paris il y a une dizaine d'années et me questionne, inquiet de savoir si la tour Eiffel se trouve toujours à la même place. Je suis bien trop nerveuse pour apprécier son humour, et puis son sourire en forme de lune, qu'il ne décroche plus depuis l'aéroport, commence à me faire peur. La cinquantaine bien lifté, avec ses yeux bridés M. Doleimani ressemble plus à un Mongol qu'à un

Iranien, d'ailleurs je n'aurais jamais imaginé qu'il soit avocat comme il s'en vante avec tant de fierté.

Au bout de trois quarts d'heure, la voiture s'arrête enfin dans une avenue déserte de la banlieue. Tout à coup, c'est la panique car il me semble que...Mais ne parlons pas de malheur! Le chauffeur se met à klaxonner précipitamment et deux individus mal rasés émergent de la nuit pour ouvrir une immense porte de bois dorée...Au secours Tintin! Et dire que ce pauvre Milou est resté dans l'avion! Sur le perron d'une grande bâtisse plongée dans l'obscurité, trois domestiques attendent en fixant des yeux le bout de leurs chaussures. Dès mon entrée à l'intérieur du palais, je suis éclaboussée par une lumière rose qui dégouline d'un lustre en cristal. Tout à coup une idée m'effraie : et si jamais le grand machin lumineux tenait à l'aide d'un crochet X? Tout me paraît suspect...

Après vous monsieur Doleimani...Non, non, je vous en prie! (T'inquiète pas m'man, j'ai l'œil.)

Dans mon 501 tout délavé, j'ai l'impression d'être une vilaine tache de graisse sur le magnifique tapis vert qui se déroule sous mes pieds. Difficile ici de ne pas faire touriste jap sur les marches du Sacré-Cœur! Tant pis c'est trop beau. Nous montons un escalier de marbre rose pour rejoindre ce que M. Doleimani appelle le « Salon Bleu ». Une soie hoggar tapisse les murs et fait ressortir l'or des pendules, candélabres et autres gadgets du même genre qui envahissent les guéridons et les tables de la pièce. Pourtant en m'approchant, je me rends compte que tout ce beau mobilier à la française n'est qu'une mauvaise imitation Louis XIV, sortie tout droit du faubourg Saint-Antoine. Je ne sais pas pourquoi, mais je me sens beaucoup plus à mon aise dans le toc que dans le vrai, cela me rassure. Comme je me suis toujours bien plus amusée dans les chambres de bonnes à écouter Colette me raconter ses mille et une insomnies avec le boucher d'en face, qu'à l'école.

Ce n'est qu'au bout de dix minutes que je comprends que je ne suis pas chez la princesse, mais dans un des palais du Shah d'Iran où j'habiterai jusqu'à ce que les amis égyptiens de Sépideh, en villégiature chez les Fardoust, repartent pour Le Caire. Pour une surprise, c'est une surprise! Mister Doleimani est en plein monologue lyrique sur son pays, j'ai même droit pour le même prix à cette réflexion plutôt surprenante dans la bouche du petit homme : « Vous les Français, vous avez fait la révolution, mais depuis, vous regardez la télé! » Quand soudain, on frappe à la porte. C'est Sépideh moulée dans une somptueuse robe du soir fuschia :

« Marie chérie, je suis confuse! (battements de cils), mais j'étais obligée d'assister à une réception donnée à l'ambassade d'Égypte... Tu comprends? »

Je ne comprends pas, mais c'est égal, pourvu qu'elle me débarrasse de ce nain au sourire sans fin. Un domestique dépose avec des gestes feutrés un plateau d'argent à côté de moi, sans oser lever une seule fois les yeux dans ma direction.

A la question « as-tu faim », que me pose mon amie

en me caressant du regard, j'hésite, la bouche en bouton de fleur, avant de lâcher un « juste pour goûter alors ! » qui fait rougir Doleimani, qui louche sur mon dîner comme quelqu'un au régime. Ce n'est pas la simplicité qui m'étouffe ? Je sais, mais il paraît que les gens bien élevés ne doivent pas avoir faim, ça fait mauvais genre. Du bout de ma fourchette, je taquine distraitement la boîte de caviar gris, comme si c'était du pop-corn ; pourtant quand arrive le plat de saumon au yaourt et les crudités à la menthe, j'échangerais bien mon ticket restaurant contre une place de sleeping.

« Chérie, monsieur Doleimani va se faire un plaisir de dormir ici cette nuit pour que tu ne sois pas toute seule...N'est-ce pas monsieur Doleimani ? crie la princesse en direction de l'avocat qui s'est assoupi au fond du canapé et sursaute avec l'énergie d'un scout toujours prêt :

– Whith pleasure madame ! C'est honneur pour moi de... »

Je n'écoute plus son charabia franco-english. Tout semble s'effondrer autour de moi. Les événements de la journée défilent dans ma tête comme un mauvais film dont le son serait décalé par rapport aux images. Et puis Sépideh, que je pensais enfin connaître, me glisse maintenant entre les doigts.

Cette aventure, vraie comme un rêve accroché à une étoile tourne brusquement au cauchemar, et je décide d'aller me coucher. Comme une somnambule, je suis la princesse le long d'un couloir qui débouche sur une pièce richement décorée de miroirs incrustés et de plinthes en marbre peint où des fleurs, des oiseaux, des paysages naïfs – imitant quelques images de Suisse et d'Italie – donnent une grâce fragile qui sauve le décor de la vulgarité. Puis nous arrivons dans la chambre d'invité où l'on se sépare, se promet de se téléphoner le lendemain, s'embrasse, se repromet, se réembrasse... « Dors bien Marie chérie, à demain ! Oui c'est ça, à demain ! »

Ma chambre n'est pas très gaie : un canapé à fleurs roses sur fond crème et un lit à baldaquin en bois sculpté qui fait très Belle au Bois Dormant à la retraite. Sur le mur il y a une vue du port de Venise par temps de brouillard et un grand miroir qui ne voit rien venir. Quant à ma salle de bains, elle aurait pu appartenir à Esther Williams dans un de ses meilleurs films : une mythologie de pacotille dorée envahit la pièce de marbre jaune. Léda domine le lavabo et Neptune la baignoire. Rafraîchie par la grâce de ces Dieux de fête foraine, je glisse dans les voiles blanches de mon lit, dont les dorures me font penser à un vaisseau espagnol. En guise de journal de bord, il y a un livre posé sur la table de nuit. Je l'ouvre, c'est une biographie du Shah, au cas où les passagers oublieraient qui est le capitaine à bord. Par paresse je vais directement aux pages des illustrations ; ils sont plutôt radins sur le coup, elles sont toutes en noir et blanc ! Suivez le guide... Le voici à sept ans, déguisé en petit soldat de plomb, il aurait fait un malheur avec les majorettes de Cabourg. A vingt-cinq ans ça commence à se gâter : il regarde son avenir droit dans l'objectif avec un air *Jeune dynamique et motivé*, qui plairait tant à ma mère. A trente-cinq ans, c'est foutu : la couronne fait des reflets sur son nez qui brille comme s'il avait mis un peu de Miror dans son mouchoir. A cinquante ans, la tête sourit et le corps grimace. Passons aux choses sérieuses, chapitre premier :

« REZA MAXIM »

« En 1900 à Téhéran, on se garde bien de sortir dans la rue la nuit tombée, si on ne veut pas être assassiné ou détroussé par les brigands. Le système de communications est si détérioré que pour se rendre de la capitale à Machad dans le nord du pays, il faut traverser la Russie pour éviter les chemins infestés de bandits. La gendarmerie est commandée par des Suédois, le monopole de l'émission de la monnaie et du télégraphe est anglais, tandis que les Belges touchent les taxes de douanes. Les Iraniens? Ils ont les seuls postes intéressants que les envahisseurs en cols blancs leur ont laissés : chefs de gangs, brigands de province au service de grandes familles féodales.

Si on l'appelle Reza Maxim, c'est à cause de la mitraillette du même nom qui ne le quitte plus. A cette époque, on ne compte pas plus de cinq ou six Maxims dans tout le pays (*Posséder une arme comme celle-là vous projetait automatiquement au niveau de Joss Randall... un peu comme les Stradivarius si vous voulez!)*

Dès l'âge de trente ans, Reza Khan, alias Reza Maxim, est à la tête d'une unité de cosaques qui sillonnent le pays pour y assurer la sécurité. S'il est la terreur des voleurs, ses cavaliers l'adorent et personne ne s'étonne de le voir nommé ministre de la Guerre par le roi Ahmad Shah. Mais trois mois à peine après avoir pris ses nouvelles fonctions, Reza Maxim conseille au roi d'aller visiter Paris et se sacre empereur de Perse à sa place. Reza Maxim devient Reza le GRAND.

Comme pseudonyme pour le trône, il se choisit « Pahlavie », qui signifie « les écritures » en farsi. Debout à cinq heures du matin, Reza le grand n'a rien du monarque traditionnel, il travaille toute la journée et dort à même le sol sur un simple matelas. (*Un homme bien! Ça se voit tout de suite.*) Père de onze enfants, il donne à tous ses fils le nom de l'îman Reza, pour qui il éprouve un profond respect. *(Reza! Reza! Reza! Reza! Reza! Reza! Reza! Reza! Reza! Reza! Reza! voulez-vous finir votre soupe!)*

Sous son aspect de rude cavalier, l'empereur est d'une grande bonté... »

Je m'endors à la page trois. Assise en amazone sur le cheval blanc de Reza Maxim, je suis Calamity Jane... PAN, **pan**, PAN, **pan... Haut les mains!** Le premier qui bouge je le transforme en râpe à gruyère! Toi, le grand au fond à gauche...avance! Le général de Gaulle a triste mine, ficelé comme un pâté impérial. Je le pends haut et court à la tour Eiffel avec ma concierge qui n'a même pas le temps de retirer ses bigoudis...Puis nous fuyons en direction des montagnes pour nous réfugier à la nuit tombée autour d'un feu de bois. Au moment de partager notre butin, je m'aperçois avec horreur que tous les billets de banque se sont transformés en contraventions... Lorsque tout à coup, je sens un bec de revolver me chatouiller les reins. Je me retourne : c'est la princesse en tenue d'aubergine qui mordille la pointe d'un stylo bic d'un air méchant...

Mômaaaaaaaaaaaaaan!!!

Je me réveille en sueur et tâtonne dans la nuit pour allumer la lumière. Le vaisseau navigue paisiblement dans la pièce et ses grandes voiles blanches traînent en désordre par terre. C'est déjà l'aube et les papillons de nuit accrochés au mur tombent comme des feuilles mortes, avec un bruit sec. Les rayons d'un soleil hivernal diffusent dans ma chambre une lumière bleutée qui lui donne une transparence irréelle. Sept heures, encore une heure avant qu'on vienne me délivrer. Bon! Où en étais-je? Ah oui! page trois... Tara tata, taratati, tati titi? Titirara, tatariri... O.K.! Pas la peine de me dessiner un mouton, j'ai compris... Passons au chapitre suivant : « REZA SHAH, LE LION ET LE SOLEIL.

« Dès sa plus tendre enfance, le jeune souverain montre une passion pour l'histoire de France; ses héros préférés sont saint Louis, Louis XIV et Napoléon. Il n'est jamais las d'écouter sa gouvernante française, Mme Arfa, lui raconter les exploits des grands hommes. A douze ans, le jeune Shah s'embarque pour la Suisse où il suivra ses études »... Mais qu'est-ce que c'est que ce western! De toute manière, moi, je n'aime que les histoires d'amour, alors.

Dix-sept ans, porte 57

De ma fenêtre, j'aperçois l'esquisse d'un jardin recouvert de neige avec dans le fond une immense pièce d'eau entourée de statues de femmes nues, toutes plus grosses les unes que les autres. J'aime ce ciel légèrement voilé de tulle, ce silence tout neuf des premières heures, ces grandes pelouses en coton. Mais qu'est-ce que j'attends? *Un, deux trois*, je saute de mon lit; *quatre, cinq, six*, je dévale l'escalier. Une fois dans le hall, impossible d'ouvrir la porte d'entrée : le palais est verrouillé comme un coffre-fort. De toute manière, dès que j'entends les aboiements d'un chien loup dans le jardin, je remonte en Concorde dans ma chambre. Surprise! Un plateau de petit déjeuner est posé sur mon lit : thé, œuf à la coque, caviar et quelques bricoles du même genre. Ça ira Mimi?

DRING DRING!... Mais faites quelque chose! Je vous en supplie...Vous voyez bien que j'ai les doigts pleins de confiture! AIDEZ-MOI À TOURNER LA PAGE!

(Merci!) DRING! DRING! La sonnerie du téléphone m'a fait si peur que j'ai failli tout renverser par terre, c'est malin! Qu'est-ce que je fais, je décroche?

« Allô ? »

C'est Sépideh qui parle à toute vitesse en avalant la moitié de ses phrases :

« Marie chérie, j'ai une grande nouvelle à t'annoncer! Hier soir, mon mari a vu le Shah, et il lui a parlé de toi... Sa majesté veut absolument te rencontrer, tu te rends compte? Il va venir tout à l'heure prendre le café là où tu habites. »

...

Je suis abasourdie par la nouvelle, incapable de dire quoi que ce soit!

« Chérie! Dépêche-toi de te faire belle, je saute dans mon bain et j'arrive... » TUT... TUT... TUT... TUT...

La princesse a raccroché. Je suis immobile, dans un état proche du végétal, collée à une bergère Louis XIV comme un oursin sur son rocher. Que dois-je faire?

Rire? Pleurer? Comme toutes les fois où je ne sais pas, je boude. Soudain, une question que je ne me suis encore jamais posée fait *Bip* dans ma tête: Qui suis-je?

Il me reste une heure pour répondre au Schmilblick Shakespearien s'il en est... Je suis une mouette? Non, ça n'est pas ça. Je suis une jolie fille et j'ai eu la prétention de l'oublier. Qui ferait courir un homme si occupé à l'autre bout de la ville pour prendre le café, sinon une jolie fille? Je me fais un cinoche d'enfer, genre « poids des mots et choc des photos ». Et si je me cachais dans la salle de bains, derrière le rideau de la douche? Le Shah d'Iran n'irait tout de même pas me chercher jusque-là! Et après? M'enfuir? Je suis beaucoup trop loin de chez moi pour avoir l'audace d'Angélique marquise des Anges. Lorsque la princesse arrive en tenue de cocktail, laquée, coiffée, maquillée et bijoutée, je ne suis toujours pas habillée. Elle ne me com-prend-pas! Moi non plus d'ailleurs. Je n'ai rien à me mettre sur le dos. Oui, j'ai bien trois jeans: un troué, un délavé et un rapiécé, mais ça n'a pas l'air de plaire à mon amie, qui m'a apporté une de ses robes haute couture. Ah Môman! Si tu voyais ta *fi-fille*: une vraie demoiselle d'honneur dans sa robe à *fleu-fleurs*. C'est du beau! C'est du propre! Faire des milliers de kilomètres pour se retrouver dix ans en arrière: en liberty!

De quoi faut-il lui parler! Dois-je lui serrer la main? Comment l'appelle-t-on? A chacune de mes questions, Sépideh rit comme un troupeau d'oies. Nous sommes au sommet de l'excitation quand M. Doleimani nous annonce que la sécurité de Niavaran a téléphoné : Sa Majesté le Shahinshah sera là dans huit minutes. Mille millards de sabords et moi qui ne sais pas faire la révérence! Le salon bleu de la veille est baigné dans l'obscurité. Quelqu'un a dû tirer les rideaux pour garder la fraîcheur dans la pièce. Mais non, il neige dehors!

Très juste, mon cher Watson! Alors, c'est pour des questions de sécurité? C'est étrange, il y a un plat de petits fours posé sur la table... Je croyais que notre ami venait pour le café?

Bien vu Maigret! Il y a un lézard dans le caviar, sauve qui peut ma vie! Trop tard, j'entends un bruit de voitures dehors. Mon cœur joue la samba. C'est très désagréable, je vis cette histoire comme si c'était celle d'une autre que je téléguide à l'intérieur de moi.

En guettant la catastrophe avec un plaisir qui m'affole, je me précipite à la fenêtre : quatre limousines noires et une grosse Mercedes viennent de pénétrer dans le parc. Sur le perron, trois hommes attendent en fixant des yeux la ligne d'horizon. L'un d'eux est Doleimani, Sépideh me désigne le deuxième comme le maître des cérémonies et le troisième : un banquier suisse, on l'appelle M. Solie. Deux hommes portant Ray-Ban sortent de la première voiture en balayant d'un œil paranoïaque les tulipes du jardin, avant de se précipiter pour ouvrir les portes de la Mercedes. Un homme aux cheveux gris en sort et monte à la Chaban les marches du perron. Aussitôt, Doleimani s'agenouille à ses pieds en essayant de s'emparer de sa main pour la baiser, mais la main se dérobe. D'un geste bref comme s'il chassait un moustique, l'homme envoie l'insecte prier ailleurs et disparaît à l'intérieur du palais.

Moi? J'ai regagné ma place à côté de Sépideh et j'attends comme un arrêt d'autobus que le 43 veuille s'arrêter. Une porte s'ouvre, puis je ne vois plus rien. Plongeant ma tête dans ma robe *à fleu-fleurs*, les yeux fixés sur les motifs du large tapis mauve qui s'étend sous moi, je fais l'autruche. J'entends la princesse qui d'un mouvement précipité s'agenouille aux pieds de l'homme et la main se fait voix :

« Je vous en prie... »

Je n'ose toujours pas lever la tête, lorsque soudain une paire de Weston noirs atterrit à trente centimètres de mes vernis... Je quitte le genre jeune fille très sage pour suivre un pantalon à fines rayures gris, une veste assortie, jusqu'à une cravate du plus mauvais goût, un dernier effort et au-dessus du nœud, j'aperçois le Shah d'Iran qui me sourit.

Je suis étonnée, la personne qui est devant moi dégage une douceur et une simplicité plus proches de celles d'un prêtre que d'un empereur. Je lui distribuerais plutôt des rôles de roi-mage que ceux de militaires machos et brutaux. Dire qu'il est beau? Vraiment pas, non, mais il dégage une sorte d'électricité moqueuse au fond du regard qui donne une note d'humour à son corps trop raide. Et puis son sourire lui va bien... En tout cas mieux que sa cravate.

L'homme nous fait signe de nous asseoir à côté de

lui, et c'est Sépideh qui parle la première, en lui racontant comment nous nous sommes connues. Elle en fait des tonnes avec ses yeux de biche. A l'entendre, nous sommes les meilleures amies du monde. Dès qu'il apprend que je suis comédienne, il prend l'air que tous les gens prennent dans ce cas-là : mi-admiratif, mi-dégoûté du style « Quel courage! Moi aussi j'aurais tant aimé être acteur, mais mes parents... » Puis il se met à raconter une histoire : A la Scala de Milan on avait donné une soirée en son honneur. Tout le monde attendait avec émotion l'entrée de la Callas qui devait chanter la Tosca. Quand elle était entrée en scène, pas un son n'était sorti de sa bouche... Un silence de mort parcourut la salle, Maria s'excusa et le rideau tomba. Quelques instants après il allait la voir dans sa loge et la trouvait en pleurs...

Je l'écoute avec attention, mais je ne vois toujours pas le rapport entre la Callas et moi, ni pourquoi il parle tout doucement comme si nous étions dans une église. Son français est parfait, sans l'ombre d'un accent. C'est drôle, il utilise un vocabulaire ultra-sophistiqué pour dire des choses banales et dès que son regard croise le mien, il a l'air très gêné. Il n'a pas la voix de son physique, mais plutôt celle d'une femme, feutrée, trouble et légèrement cassée en fin de phrase. J'adore ce genre de voix sensuelle et caressante, ça me fait... Mais ça n'est pas le moment : Sépideh vient de se lever et fond dans une révérence en disparaissant à reculons vers la porte de sortie. C'est gai, me voilà seule avec lui maintenant et rien à lui dire!

Je plonge mon nez dans mon verre de Coca en prenant la contenance de la fille qui meurt de soif. La si jolie voix m'invite à reprendre du Coca... « Non, merci beaucoup! » J'allume une gitane en tirant dessus comme les types du bistrot d'en face qui discutent du tiercé le dimanche devant un ballon de rouge. Lorsque tout à coup, j'aperçois accroché sur le mur un tableau représentant une nature morte. Très Annie Hall, je me lance à l'aveuglette dans des considérations artistiques salées en cherchant toutes sortes de symboles bidons pour distraire l'ange qui passe et repasse. Je dois être assez convaincante en professeur de l'école du Louvre, car à chacun de mes commentaires, il ajoute les siens. En quelques phrases, il réussit à créer une troisième présence entre nous, magique, qui détend un peu l'atmosphère. Une bonne demi-heure s'écoule devant cette toile qui n'en mérite pas tant, quand soudain il m'interrompt :

« Je n'arrive pas à comprendre ce qu'une fille telle que vous fait ici? »

Que veut-il dire par une fille comme moi?... Qu'est-ce que j'ai encore? Un malaise s'installe, il cherche ses mots, visiblement embarrassé.

« Enfin je voulais dire... Vous paraissez si jeune, si pure pour une Française... »

Que répondre! Je ne sais moi-même ce que je fais ici! Alors je vide mon sac pêle-mêle sans souci d'ordre chronologique : ma mère, le Petit Chose qui n'arrête pas de l'ennuyer, l'accident d'avion, le hachis Parmentier, la princesse et ses boîtes de kleenex, le concert des Rolling Stones...

Quand j'ai fini de parler, je me fais toute petite et reprends du Coca. Son silence me cloue au mur comme un gros papillon, j'aimerais m'envoler de ce canapé, ce salon, ce pays, avoir tout rêvé et me réveiller à Paris sur mon lit superposé.

Il me sourit maintenant, sans rien dire, en me donnant la sensation de ne pas me voir, moi Marie, mais quelqu'un d'autre. Je suis très impressionnée, presque émue. Puis brusquement il déplie ses longues jambes, change de position et se décide enfin à parler :

« Vous n'avez pas à vous inquiéter, il ne pourra rien vous arriver tant que vous serez sous ma protection... Mais si vous voulez rentrer en France, rentrez... Ça serait dommage! Bien sûr ici ça n'est pas Paris mais il y a beaucoup de choses à voir et si vous aimez le sport, il y a... »

Le pauvre, s'il savait que je déteste le sport et que je n'aime que le rock and roll. Manifestement il ne sait pas faire la cour aux femmes. Pourtant je ne sais pas pourquoi mais il réussit à m'attendrir et malgré moi j'ose un timide « Bon, d'accord ».

A partir de ce moment-là toute la tension qui existait entre nous tombe, son corps se dénoue, les traits de son visage reprennent leur place et il se met à me poser des tas de questions sur ma vie parisienne. Il rit. Le temps passe et il rit toujours, il m'écoute en buvant littéralement toutes mes paroles comme des secrets d'État. Je ne comprends pas l'intérêt qu'il y porte :

« Enfin, tout cela n'est pas très intéressant...

– Mais si!... Au contraire, ça m'amuse beaucoup et puis vous savez si bien raconter les histoires, que je voudrais être une petite souris pour vous suivre dans les cafés, sur les berges de la Seine ou en haut de l'Arc de Triomphe. »

Il a prononcé ces phrases avec un goût d'interdit, un plaisir enfantin qui m'étonne. Bien entendu, pas question de lui dire que je n'ai jamais mis les pieds sur l'Arc de Triomphe, il serait bien trop déçu. Il rêve tout éveillé et le moindre détail sans importance comme manger des profiteroles à la Lorraine, prend une dimension de science-fiction dans sa tête. Les rapports de force se sont inversés et, c'est moi qui ai le pouvoir maintenant : celui du poète.

J'éprouve un malin plaisir à prendre des temps interminables pour faire durer le suspense, pourtant au bout d'un moment je ne résiste plus à l'envie de savoir ce que ma vie si banale a de merveilleux. La sienne est-elle si triste?

« Triste? Non, non, elle n'est pas triste, mais cela ne m'arrive jamais de pouvoir parler avec quelqu'un de spontané... Il faut toujours que je fasse attention aux choses que je dis, à ce que je fais, ne fais pas... »

Son visage s'assombrit et sa voix devient nostalgique. De quoi? Je ne sais pas, de ne pas être une petite souris peut-être.

« Je suis surpris qu'à votre âge, vivant à Paris qui est une ville si décadente tu sois encore... Pardon vous soyez si pure!

– Je suis pure parce que je n'ai pas de pouvoir? Les gens qui ont du pouvoir trouvent toujours plus beaux ceux qui n'en ont pas, c'est bizarre...

– Peut-être... Le pouvoir c'est un terme que j'évite, je n'aime pas ce mot, je préfère " devoir ", c'est plus religieux et moins dur. »

Il me fait un peu pitié, mais pourquoi? Pourquoi? Il n'est pas à plaindre tout de même! Mais il a une absence dans son regard, une tristesse de vivre, quelque chose de cassé dans son sourire qui me touche.

Il fait un effort pour paraître gai, mais son sourire pèse cent kilos.

« Enfin ce vieux monsieur grave et sérieux, je dois bien t'ennuyer! »

Pour la deuxième fois il me tutoie et je fais celle qui n'a rien remarqué, mais cette fois-ci, il me demande :

« Je peux te tutoyer?

– Si vous voulez... »

Il grimace vers sa montre, c'est l'heure, zut! Déjà? Je ne saurai jamais pourquoi ma vie le fascine tant. La princesse a miraculeusement réapparu. De nouveau, il nous faut avoir une conversation civilisée et ce n'est déjà plus le même homme :

« Au revoir mademoiselle, j'ai été enchanté de faire votre connaissance. »

La porte se referme sur le costume gris; même la princesse, son « Lassie chien fidèle », n'a pu prévoir le coup et sa gracieuse révérence tombe à l'eau.

Je me précipite jusqu'à la fenêtre pour le voir une

dernière fois et avoir quelque chose à raconter à mes petits-enfants plus tard... Mais le costume gris est absorbé par la Mercedes qui démarre aussitôt. Tant pis! Le nez collé à la vitre, j'essaye de me rappeler les traits de son visage. Je griffonne un vague sourire aux coins de ses lèvres, qui devient flou et s'évapore. A quoi ressemble le Shah d'Iran? A une cravate de couleurs criardes ou bien à un accord de violoncelle étouffé au fond de la voix? Je ne sais plus et j'en suis désolée. Vais-je le revoir?

Déjà j'en pleure d'envie.

Du passage du Shah, il ne me reste qu'une traînée de poussière qui tache de cendre l'allée du jardin. Il y a quelques instants encore, la princesse m'appelait sa « Marie chérie », tandis que maintenant sa tendresse a mystérieusement disparu; son regard fuit le mien et je la sens pressée de me quitter pour rejoindre ses amis égyptiens. Pourquoi est-elle si froide avec moi? Ai-je dit *something wrong*?

Sépideh m'abandonne aux bons soins de Doleimani, à qui elle a donné des ordres pour qu'il s'occupe de moi. Alors je monte m'enfermer dans ma chambre pour essayer d'y voir plus clair. J'en arrive vite à la conclusion que je déteste qu'on m'appelle Marie chérie et que j'ai autre chose à faire que de tenir la conversation à un grand-père. Pourtant même avec mon immense talent pour croire à mes propres mensonges, j'ai du mal à me convaincre car, à Paris, rien ne m'attend ni personne. Quand j'ai fini d'y voir plus clair, je passe aux choses sérieuses et descends demander à l'avocat de me réserver une place dans l'avion de vendredi. Si je lui avais annoncé la fin du monde, c'eût été pareil, mon ange gardien passe par toutes les couleurs de l'arc-en-ciel et prend un air désolé. Je lui dis que je dois être samedi à New York et claque la porte du palais. Ah mais! Juste au moment où je vais sortir dans la rue, j'entends des petits pas de hamster trottiner derrière mon dos. Je me retourne : c'est Doleimani qui comme par hasard a besoin de se promener pour digérer, mais je lui vends l'équivalent d'un « leave me alone », qui lui fait autant d'effet qu'un Alka-Seltzer.

Me voilà sous la neige en T-shirt... Tant pis, plutôt mourir que de rentrer au palais prendre un manteau, courons pour nous ré-chau-ffer! Je suis dans une avenue sans trottoirs, sans boutiques ni passants, bordée de très vieux arbres centenaires et de murs en béton si hauts qu'il est impossible d'apercevoir les villas derrière. On jurerait Saint-Nom-la-Bretèche. Je n'y suis jamais allée, mais je suis sûre que c'est pareil. Moi qui rêvais de mosquée bleue, de harem et de caravane aux mille chameaux, je suis déçue. Enfin, ne nous décourageons pas, d'après le guide... le centre ville n'est qu'à cinq kilomètres.

Arrivée à un croisement j'aperçois des silhouettes d'hommes qui s'agitent au bout de la rue. J'hésite, puis décide d'aller voir ce qui s'y passe. Ce sont des ouvriers qui travaillent sur un chantier. Mais qu'est-ce qu'il me veut celui-là? *Sorry I don't speak iranien*!... Un des hommes du chantier s'est mis en travers de mon chemin et m'empêche de passer. Mais ça va pas? Il est fou! En me poussant brutalement contre le mur, il me crie des injures en persan... Je soupçonne la transparence outrancière de mon T-shirt occidental d'y être pour beaucoup. Je me sens coupable. Maman! J'ai l'impression qu'une fois de plus on s'est trompé. Il n'y a que les bourgeois pour faire le trottoir sans noblesse avec un appareil photo. On me menace, une main se lève, un regard se tend et l'homme s'efface. En fait il a plus de respect pour moi que je n'en ai pour ce que je suis.

Une limousine déboule à l'autre bout de la rue, c'est Doleimani a la tête d'une armée de sbires. La police fait halte à mi-chemin. Quelle déception! Il m'avait semblé faire un pas en avant : Marie face à la Vierge. Mais voilà mon berceau qui me rappelle à l'ordre et ma nurse en pantalon dans tous ses états. Colette cherchant sa Mimi dans les bosquets du parc Monceau, dix ans en arrière. La peur fait place à la honte et la vertu à la violence. Instinctivement, je fais un bon pas en arrière qui me rapproche de mes agresseurs, mon simple mouvement immobilise tout le monde et chacun se regarde. Comme les héroïnes de romans, j'aimerais pouvoir renvoyer Doleimani d'un seul geste, mais les mots de ce minuscule viennent tout gâcher :

« Miss Labé, miss Labé! Takair iz veri dangerouss... Kome bak in zeu car quicli! »

A cet instant, j'aurais préféré être malmenée par les autres que de sentir la main de cet idiot agripper la mienne avec hésitation. Les ouvriers me tournent le dos et retournent en silence à leur travail.

« Je vous suis, mais retirez votre sale main de crapaud ! »

Nous montons à l'intérieur de la limousine. « What iz e crapo ? » ne cesse de répéter Doleimani qui retrouve son sourire mongolien. Belle image que celle d'une vierge en T-shirt dans un corbillard !

« Tous vos désirs sont des ordres, il vous suffit de demander », me dit-il... Mais oui c'est ça ! Hypocrite en plus de ça ! Maintenant je sais très bien que je ne peux pas me promener toute seule sans être accompagnée d'un garde du corps à Ray-Ban. L'avocat me dit que je peux téléphoner où je veux à condition bien sûr de ne pas prononcer le nom du Shah, *on* peut être sur écoute, question de sécurité ! Tout est question de sécurité dans ce pays ! Mais de quoi ont-ils si peur ? tous ces *on* que je ne vois jamais !

Je décide d'appeler à Paris ma meilleure amie Nadine, comédienne, qui passe le plus clair de son temps dans l'humidité d'un parking près de l'Olympia à écouter les vocalises de Gérard, l'homme de sa vie. Gérard, à vingt-huit ans, ambitionne une carrière de chanteur d'opéra. Pour payer ses leçons de chant, il travaille au parking de la rue Caumartin, de six heures à onze heures du soir. Tout en poinçonnant les tickets des clients qui garent leurs voitures, il chante sous le regard admiratif de mon amie qui ne raterait pour rien au monde un de ses récitals. Un jour il est Don José dans *Carmen*, le suivant il est Mario dans *La*

Tosca; mais hélas Nadine n'est pas la Callas. Je soupçonne l'acoustique du parking de contribuer pour beaucoup à rendre irrésistible la belle voix chaude de notre ténor, aux oreilles totalement profanes de mon amie. Nadine est fascinée par Gérard, celui-ci est le gardien de voitures le plus snob de Paris, aucun des personnages de *Points de Vue* et *Images du Monde* n'a de secrets pour lui. Il connaît tous les chanteurs qui passent à l'Olympia et on peut le voir échanger une poignée de main avec Aznavour ou parler à Barbara comme s'il la connaissait depuis vingt ans. Sa décontraction habituelle pourrait rivaliser avec celle d'un candidat à la présidence des États-Unis lors d'une campagne électorale dans le Middle-Ouest.

J'appelle donc le parking et tombe sur lui, qui est TRÈS TRÈS pressé car il a un rendez-vous TRÈS TRÈS important. Gérard réussit quand même à me glisser qu'il un Utrillo à vendre pour une bouchée de pain, au cas où je connaîtrais quelqu'un... Puis notre ténor à qui les affaires ont fait perdre sa belle voix hurle à travers le parking : « Nadineeeeeeeeeee...! »

J'ai l'habitude de ses rendez-vous TRÈS TRÈS importants. En effet, Gérard parmi ses nombreuses activités vend des tableaux... Enfin, il essaye. Toujours branché sur le coup du siècle, cette semaine c'est un Utrillo, la semaine prochaine ce sera un Picasso! Plus optimiste que Charles Trenet lorsqu'il chante « Il y a de la joie », Gérard annonce périodiquement son départ du parking pour faire fortune. Nadine s'attend à déménager de sa boîte à gants de la rue Blanche d'un jour à l'autre, mais depuis déjà deux ans, Gérard n'a pas bougé de sa petite cabine humide où défilent les polaroïds des chefs-d'œuvre de grands maîtres. J'entends la belle voix cassée de mon amie qui grésille dans l'appareil :

« Puce! Alors! Raconte! Londres! Les English! »

Lui raconter? Impossible et pourtant comme j'en meurs d'envie! Je réussis tout de même à trouver un moyen de lui parler de mon histoire :

« Écoute... Tu me jures de ne le répéter à personne? J'ai rencontré un mage hindou qui m'a complètement fascinée...

– Où?

– A Londres, à un vernissage, dans une galerie de tableaux.

– Ça! c'est du typique, la Puce! Tu es amoureuse?

– Non, tu es folle? Il a cinquante-sept ans... Mais il a un charme fou! Et s'il n'était pas si vieux... »

Un silence méditatif passe sur la ligne téléphonique entre Paris et Téhéran, puis mon amie revient brusquement à la réalité avec une question digne de sa mère :

« Mais Marie, un mage! Ça n'est pas une profession! Qu'est-ce qu'il fait dans la vie, cet homme? »

Moi, naïve, je ne le savais pas, je m'imaginais que les mages existaient et se situaient entre les religieux et les astrologues. Alors j'invente au fur et à mesure du sur-mesure :

« Tu sais, en fait, il n'est pas exactement mage mais chef d'une tribu très connue aux Indes. C'est un mystique, tu comprends... Rien à voir avec les petits Français qu'on connaît! »

Pourquoi un mage? C'est la première image qui m'est venue à l'esprit pour le décrire. Oui, c'est vrai, j'aurais pu dire un milliardaire; mais non, dans ma tête il était plus proche de Gandhi que de Niarchos. Remarquez, je ne connais ni l'un ni l'autre, alors.

« Marie, tu es défoncée? »

Nadine connaît tous les événements de ma vie millimètre par millimètre. Notre amitié relève plus d'une histoire d'amour que d'une banale relation de copinage. De quatre ans mon aînée, si nous ne parlons jamais de peinture ou d'art entre nous, nous passons nos journées au téléphone à philosopher sur les hommes, comme si nous en avions le monopole. Leur tendre toutes sortes de traquenards et d'embûches est notre passe-temps favori. Si parfois nous en parlons d'une façon vulgaire (10 cm, 20 cm, 30 cm), c'est pour nous défouler, nous avons l'impression de mieux les dominer. Pour nous, la perversion de la femme est un art, un don, tandis que chez l'homme, elle est un calcul, et nous cherchons désespérément celui qui sera autre chose qu'un papier carbone du sexe *faible.*

Menteuses? Tricheuses? Fourbes? Volages? Fausses? Doubles? Infidèles? Cela ne nous empêche pas de nous prendre pour des cathédrales, donc quand un garçon en franchit le seuil, nous le forçons à s'agenouiller, comme à la messe. Une femme? C'est une religion ou rien. Du moins dans nos rêves, car la réalité est tout autre : nous tombons amoureuses pour un oui ou pour un non du premier blue-jean venu, jusqu'aux larmes. Après les larmes séchées, le mec est un con, tous les mecs sont des cons, *sauf Gérard.* Nadine suit mes conseils à la lettre comme un petit kamikaze, sans se rendre compte que si l'hameçon mord facilement chez moi, c'est parce que je suis plus délurée qu'elle. Mon amie prend les victoires gratuites que gagne mon inconscience pour des traits de caractère dus à ma personnalité. Ses histoires d'amour ne marchent pas ? Elle en remet la faute à son manque de vigilance. Si tout nous oppose l'une à l'autre, un point nous unit : notre sixième sens pour dénicher les hommes qui nous rendront malheureuses. Quand je demande à Nadine comment elle va, elle ne sait jamais aller sans Gérard, et cela m'agace... Aujourd'hui cela va très mal, sa voix a le timbre des grands jours. Elle m'annonce que Gérard veut devenir franc-maçon. Franc-maçon ! pourquoi pas ? Jusque-là, tout va bien, mais lorsque j'apprends que c'est un maçon nommé « le baron de la Bille » qui a chargé Gérard de vendre l'Utrillo, je me dis que c'est encore un coup foireux, le tableau doit être un faux, c'est sûr !

Nadine a déjà calculé avec la caisse du parking, qu'avec les dix pour cent de la commission, ils vont toucher 23 millions 75 centimes, net d'impôt, en se tournant les pouces ! Si ça marche évidemment... ajoute-t-elle, « mais ça, je ne me fais pas de soucis : Gérard est si débrouillard ! »

Nous sommes depuis maintenant vingt minutes au téléphone lorsqu'elle commence à se faire du souci pour la note que va avoir à payer mon mage, alors nous raccrochons, Gérard est un con, tous les hommes sont des cons, *sauf mon mage*!

Toc-Toc-Toc! On a frappé : cominggggg!!!

« Zeu dîner iz rédy miss. »

Je décode : le dîner est servi, thank you!

Un coup de peigne et un peu de rose à joue fera l'affaire. Et hop! je descends dans la salle à manger. Surprise! Deux Doleimani parfumés et recravatés, m'attendent au garde-à-vous. 007 ou 007 bis?

Doleimani me présente son frère jumeau : « Farad » pour les intimes. Le jumeau a l'air plus fragile et nerveux que son double. Il a un tic au nez et n'arrête pas de remuer ses narines en faisant des ronds dans l'air, comme s'il voulait renifler l'odeur de ses mots avant de parler. J'apprends que je suis « *very nice et very beautiful* » et que Farad est lui aussi un fidèle serviteur de sa majesté (petits rires bêtes et méchants entre les deux frères). Au moment où nous allons passer à table, un invité de dernière minute entre dans la pièce. C'est M. Solie, le banquier suisse du perron dont m'a parlé la princesse ce matin. La cinquantaine, plutôt mince, des cheveux blancs légèrement poivre et sel aux tempes, c'est un géant à côté des deux autres. Lui, en revanche, apprécie beaucoup la transparence de mon T-shirt. A la manière dont il vous dit bonjour, on voit tout de suite qu'il est le chef des deux autres. Rien n'échappe à ses yeux gris qui vous dévisagent avec insolence, aussi bien les lacets de Farad qui ne sont pas attachés, que mon absence de soutien-gorge. Je ne sais pas si c'est son costume flanelle, ou son nœud papillon, voire même le blason de sa chevalière qui lui donne cet air d'aristo fin de siècle Viscontien, mais brusquement je me sens tout intimidée. Un maître d'hôtel aux gants blancs me tend maladroitement un plat de légumes crus noyés dans une sauce verte... *Dur-dur*! Lorsque en plus j'apprends que tous les plats viennent directement de la cuisine impériale dont le chef est un Français, j'en veux à la France entière. Il ne pouvait pas être simple celui-là et nous préparer un bon hachis... *Passons!* Pendant tout le dîner, les 007 n'arrêtent pas de faire la propagande de leur pays comme si les murs avaient des oreilles. Moi? Je picore gentiment ce qu'il y a dans mon assiette en pensant à *autre chose, quelque chose, la chose.* Les deux perles grises du banquier me fixent avec insistance jusqu'à me mettre totalement mal à l'aise, il a décidément beaucoup de charme... Histoire de dire quelque chose, pour ne pas avoir l'air de... Je complimente Farad sur ses boutons de manchettes. Mais que n'ai-je pas dit là! Aussitôt 007 bis les retire de sa chemise en les posant sur la nappe. « Tout ce qui est à moi est à vous! » me dit-il en insistant d'un geste de la main pour me faire comprendre qu'on lui couperait la gorge si je refusais. Je mets fin à son cinéma en empochant les quatre petites têtes de Bouddha en ivoire, qui se révèlent finalement être du plastique amélioré. Pas question d'appeler un Shah un Shah ici, à cause des domestiques qui eux aussi ont des oreilles. Quand on parle de l'empereur, c'est la personne, qui vous savez ou bien notre ami, généralement accompagné d'un petit sourire en coin, plein de sous-entendus. M. Solie, lui, n'ouvre pas la bouche et observe avec ironie et distance les 007 faire leurs numéros. Tout ce que j'ai réussi à savoir, c'est qu'il est veuf, habite six mois de l'année à Genève et qu'il est un fervent admirateur de Chateaubriand. La conversation entre nous s'arrête là, mes connaissances sur le sujet se limitant à la définition suivante : écrivain français qui a donné son nom à un steack. Farad, qui pour la dixième fois me ressert du vin de Shiraz aigre et capiteux, m'annonce que le chef m'a réservé une surprise pour le dessert. Des pâtisseries multicolores qui sentent le gras et la farine crue, envahissent mon assiette. Je suis folle de rage, mais qu'en plus, on m'apporte un bol de sirop aromatisé avec une cuillère en bois : JE CRAQUE. M. Solie? Pensez-vous! Il a pris un fruit. La façon dont il pèle sa pêche avec son couteau et sa fourchette, me fascine. A mon avis cela a dû coûter dix ans de pensionnat en Suisse à ses parents cette affaire-là! Et puis qu'il parle le français mieux que moi, c'est facile; mais mieux que qui vous savez, c'est de la magie. D'ailleurs il parle si bien que je ne comprends pas la moitié de ce qu'il dit : dans sa bouche les pommes vapeur deviennent les pommes en sueur et le steack haché de la viande mâchée. Dès que nous finissons de dîner, je monte dans ma chambre pour me faire vomir. J'ai une technique infaillible, pompée dans un livre d'histoire sur la décadence de Rome : deux doigts dans la gorge, un verre d'eau, un peu de concentration, et on fait des miracles! Fraîche comme... je rejoins mon petit monde dans le bureau de M. Solie. En rentrant, je trouve celui-ci la tête plongée dans un coffre-fort encastré dans le mur tandis que les deux jumeaux sont sagement assis sur le canapé en train de faire des cochonneries dans leurs cafés. Le banquier finit par émerger de sa tirelire et raccroche le Dali qui lui sert de couvercle. Quelle idée d'enfermer ses chocolats dans un coffre! Bien sûr, je n'y coupe pas et il me tend la boîte. Pourtant quand je retire ma main de la pêche miraculeuse, je n'ai jamais vu de bonbons pareils : la framboise a le goût de rubis, la menthe celui de diamant et mon tout ressemble à un bracelet de chez Van Cleef. J'hésite un quart de seconde avant d'accepter les bonbons des vilains monsieurs dans la rue, mais M. Solie n'est ni dans la rue, ni vilain, alors j'accepte. Ce que je n'avais pas prévu, c'est qu'il me fasse signe d'en reprendre un autre. Mais cette fois-ci je refuse poliment, même si ça pousse en Iran (« Manuel de la jeune fille bien élevée », p. 46 aux éditions Sainte-Marie-de-Neuilly).

« Have a good night and sleep well! – thank you, you too!... » Il est presque minuit et tout le monde va se coucher. Une fois dans mon lit, impossible d'en compter un, les moutons s'en vont dans tous les sens et je ne peux pas m'empêcher de penser à l'homme à la nature morte. Je me pose des questions, les bonnes? Ça m'étonnerait... Il y en a une qui revient sans cesse comme un leitmotiv dans ma petite tête : « Est-ce que je lui ai plu? »

Au nom du père et du fils et du Saint-Esprit, Amen. Notre père qui êtes au cieux... Vue d'avion comment suis-je? Comme d'habitude, le petit Chose ne me répond pas et comme d'habitude je lui fais une scène de ménage : Bon, mettons les choses au point une bonne fois pour toutes! Ça va faire dix-sept ans maintenant qu'on se connaît et vous ne m'avez toujours pas répondu pourquoi vous avez créé une fille comme moi? Eh bien moi je vais vous le dire : pour faire la comparaison avec votre fils, car sans mes défauts les qualités de votre fils, elles n'existent pas. Compris? A la bonne heure! Que je n'aie pas à y revenir! Maintenant répondez-moi simplement et pas par l'intermédiaire de vos esclaves aux ailes tordues : « Est-ce qu'en aimant un homme puissant, je gagnerai du temps pour découvrir le secret des hommes? » Ne posez pas de questions stupides s'il vous plaît, sinon dimanche, pas d'argent de poche. Mais parce que la faiblesse d'un homme de pouvoir est plus facilement re-pé-ra-ble! Il s'expose davantage alors il doit être plus fragile que les autres, non? Comme d'habitude le petit Chose fait semblant d'être dans les nuages et ne me répond pas. Rien d'étonnant, dans sa bible il a pensé à tout sauf à l'humour! Je rallume la lumière pour aller chercher dans la salle de bains la moitié de Mandrax que ma sainte mère m'a mis dans ma trousse de toilette au cas où et finis par m'endormir d'un sommeil sans rêve.

Le lendemain quand j'ouvre les rideaux : toute la neige du jardin a fondu pendant la nuit... DRINGGGGGG??? Allô? C'est l'aîné des 007 qui veut m'emmener au cimetière. Je lui fais comprendre que les musées non merci, je suis en vacances, mais il insiste lourdement :

« Vous devez aller au musée. It's very interesting!... Et puis sinon il ne va pas être content du tout! »

Il? Ah! : **IL!** Le petit *il* s'égosille au téléphone, il a l'air paniqué à l'idée que je puisse ne pas venir, alors je finis par céder. Je pars dans deux jours, autant en profiter.

A onze heures, la Mercedes de la cour est bloquée dans les encombrements. 007 s'impatiente en grillant cigarette sur cigarette, tandis que son jumeau fait le ménage de son nez avec son index. Dehors la foule s'agglutine, se serre, s'énerve dans la rue Lalezar. Des femmes en tchadors se détachent comme des grappes de raisin noir sur la ville camping.

On sort les transistors, les fauteuils et les bouteilles de Coca et on s'installe contre les voitures dans la poussière de neige fondue. C'est ça Téhéran? Où se trouvent la magie de l'Orient, ses parfums, ses chameaux dans cette ville sans passé, sans mémoire, totalement amnésique de son histoire? A chaque coin de rue, un panneau publicitaire « COCA COLA », ajoute un peu de rouge à la grisaille des maisons préfabriquées, toujours en travaux. Des bulldozers martèlent le sol de larges avenues en béton où sont accrochées à deux mètres du sol : des piles de robes, de dessous vaporeux, de gaines, de chaussures et de bas, c'est ça Téhéran! C'est aussi le Shah du haut de son cadre doré, qui sourit aux ménagères voilées qui font la queue chez les commerçants, tandis que leurs enfants les attendent sur le trottoir, en regardant d'un air abruti les voitures passer tout berzingue.

Nous faisons un détour par la place Chayad, sorte d'arc de triomphe moderne, façon musulmane, traversons des squares aux prétentieux monuments néo-Achéménide du début du siècle pour arriver enfin au bazar. Il est midi. Véritable fourmilière de dix kilomètres de long dans laquelle des hommes portent les choses les plus invraisemblables, en allant et venant à toute allure à travers des ruelles malodorantes. Si mon regard s'arrête plus de deux secondes sur un objet, 007 se transforme en banquier de monopoly et 007 bis en porteur (une pipe à opium, une cage à oiseaux, un tapis et un kilo de pistaches). Dur métier que d'être avocat en Iran!

Pourtant quand je leur demande de voir les fameuses miniatures persanes et que je me retrouve dans un musée d'ethnologie, j'en ai marre de jouer à Tintin. Les Dupont-Dupond aussi d'ailleurs en voyant l'heure qu'il est, tout à coup c'est la panique à bord :

« Il faut absolument rentrer au palais...

– Yes, miss! Musée? No interesting... No time! No time! » surenchérit 007 bis en me poussant à l'intérieur de la voiture. Sur le chemin du retour, le chauffeur fait une course de vitesse avec un hélicoptère qui bourdonne au-dessus de nos têtes. Vu la mine de suppositoires que font les Doleimani à chaque feu rouge, j'ai compris que c'était le Shah qui devait être à l'intérieur. Dès notre arrivée au palais, M. Solie, qui pour une fois a laissé son côté british au vestiaire, m'entraîne sans autre explication dans le salon bleu où il me tend le combiné du téléphone. C'est Sépideh qui a retrouvé sa voix charmeuse des grands jours. D'un trait elle m'annonce :

Qu'il me trouve charmante.

Qu'il tient absolument à me revoir avant mon départ à Paris.

Qu'il sera là dans cinq minutes.

Qu'hélas, elle ne pourra pas venir, mais qu'elle m'attend à dîner ce soir.

Qu'elle espère que je suis bien habillée.

Qu'elle pense à moi très fort.

QUELLE HISTOIRE! Je raccroche. M. Solie se retire sur la pointe des pieds en refermant la porte avec douceur derrière lui. Avouez qu'entre votre mère qui vous demande de vider la poubelle et cet homme qui ne vous demande rien, sauf de lui faire la conversation, il y a un monde!

Un mondeeeeeeeeee! Voilà ce que je chantonne dans mon salon bleu en sautant sur le divan comme sur un trampoline. Rien n'a bougé depuis la dernière fois : rideaux tirés, champagne, petits fours (de la veille aussi...). Pour me calmer je fais une razzia sur les pistaches. Soudain j'entends un bruit de portes de voitures qui claquent, je me précipite à la fenêtre : Catastrophe! Que se passe-t-il? Ce n'est plus le monsieur si gentil à la nature morte qui grimpe le perron, mais un militaire en uniforme décoré jusqu'aux dents avec des lunettes de polytechnicien sur le bout du nez. J'ai toujours eu peur de tous les gens qui portent un uniforme, mais là c'est le pompon!

De nouveau des images réapparaissent dans ma tête, la Presse, les ragots. Mon cœur commence à battre, comme j'aimerais qu'il se taise. Une porte s'ouvre j'ai la respiration coupée, j'entends une voix, la même voix familière, qui d'une note fait taire toutes les Walkyries qui hurlent dans mon cœur. Je relève les yeux... Non, décidément je n'aime pas les uniformes, mais cette voix... cette voix de porcelaine si fragile, presque abstraite, qui me dit : « Comment allez-vous depuis hier ? » me bouleverse. Je ne sais pas qui lui a rapporté que je voulais partir, mais en tout cas, lui trouve ça dommage : « Vous nous quittez déjà ? » me dit-il en s'asseyant à côté de moi.

Puis, sans écouter ma réponse, il se met à me questionner sur les origines de ma famille. Je trouve ça un peu curieux, mais enfin j'y vais...

Du côté de mon père je descends directement de la Pompadour par ma grand-mère qui s'appelait « Poisson »... (Oui, Poisson ! comme les poissons votre majesté.) Tandis que du côté de ma mère : « les « Vanoot » famille belge composée en majorité de prêtres, nous sommes parents du fameux cardinal qui figure dans le dictionnaire à la lettre « V » pour avoir été le confesseur de la reine de Belgique. Guignol favori de maman, dont elle brandissait le fantôme quand je ne voulais pas finir mes épinards, en me disant : « Vinaigrette (c'est mon surnom à la maison, majesté...) Vinaigrette, tu n'es pas digne d'être son *arrière-arrière-arrière-arrière-petite-nièce.* En effet le saint homme dormait dans un lit si petit que ses pieds dépassaient d'au moins 20 cm selon mon père, et 30 pour ma mère, ce qui représentait le summum de la sainteté pour elle, car maman ne peut pas dormir sans ses boules Quiès et son masque sur les yeux. Quand le Shah me dit qu'il connaît très bien le Cardinal, je n'en reviens pas, il est bien le seul, en classe personne ne le connaissait. En tout cas mon sang de Putain-Religieuse a l'air de lui plaire, surtout de religieuse d'ailleurs... Car il me demande si je crois en Dieu. Je lui réponds que non, mais que lui, croit en moi et lui? Lui! Il a l'air embarrassé pour me répondre. Il prend un long temps de réflexion en me regardant profondément dans les yeux comme s'il voulait me faire voir en images ce qu'il allait me dire :

« Ma vie est guidée par Dieu. Quand j'étais jeune, j'ai eu à plusieurs reprises des apparitions. »

Je rigole, lui pas du tout, en tout cas pas avec Dieu, avec DIEU il est sérieux :

« Enfant, j'ai eu la typhoïde. Tout le monde pensait que j'allais mourir lorsque, une nuit, j'ai fait un rêve où je voyais un de nos imāms : Ali, qui me tendait un bol avec un liquide en me demandant de le boire. Le lendemain la fièvre était tombée. Une autre fois j'avais fait une chute mortelle à cheval... »

Il soupire en levant les yeux au ciel et je comprends que c'est encore un miracle d'Ali s'il est toujours en vie. Est-ce aussi par la grâce du prophète qu'il me demande de le tutoyer? En tout cas il me faut trois coupes de champagne avant d'y arriver, et la bouteille lorsqu'il me dit :

« J'aurais eu vingt ans de moins, mademoiselle Vinaigrette, je serais tombé amoureux de vous. »

Évidemment avec un surnom pareil comment peut-on me prendre au sérieux! Pourtant j'ai envie de lui dire que c'est justement son âge, ses rides, ses histoires de miracles, ses cravates, sa voix voilée, son corps noué et le fait qu'il n'a absolument rien pour me plaire, qui m'attirent en lui, mais je n'ose pas. Tout ce que j'ose lui répondre, c'est : « Pourquoi ?

– Pourquoi ? » Son regard devient mélancolique et se pose sur un point du vide en face de lui. Il voyage dans le temps, se souvient, et je ne suis plus rien. Quelle barbe ! D'une voix bleu ciel, il m'explique qu'il n'a pas le droit d'exiger des sacrifices d'une jeune fille à qui il ne peut rien offrir.

Des sacrifices ? Qui lui a parlé de sacrifices ! Pourquoi les mots d'amour doivent-ils être les mêmes qu'au catéchisme : « Sacrifice ! Amour ! Croire ! Pardonner ! » J'ai envie de lui dire qu'il se trompe, que... Mais à quoi bon, il a peut-être raison, à quoi ça sert de raconter tout ça ? A rien. Une fois les choses dites, elles s'évaporent et il faut trouver autre chose. Et puis pour moi l'amour est un vide-ordures où chacun jette ses peurs et ses faiblesses pour s'en débarrasser. Un jour, on trouve que ça sent mauvais à côté de soi et c'est trop tard... et puis qui a dit que j'étais amoureuse de lui ?

« Tu ne m'écoutes plus, à quoi penses-tu ? »

Le ton de sa voix a changé, il est redevenu orangé.

« A rien... A Paris, à ma mère... A ce qu'elle penserait de moi si elle me voyait.

– Qu'est-ce qu'elle penserait ? »

Question piège ! Bien sûr je ne lui dis pas qu'elle serait horrifiée, cela lui ferait de la peine et je n'ai pas envie de faire de la peine à cet homme. Alors je lui raconte que maman est fascinée par les hommes politiques, surtout par le général de Gaulle dont elle est une fan. Elle entretient son souvenir par une collection d'objets d'art représentant le grand Charles sous toutes les coutures : en assiettes à dessert, cendriers, capuchons de stylo, presse-papier, tire-bouchons.

Le Shah, lui, ne possède pas de collection de ce genre, mais il a une correspondance qu'il a échangée avec le général depuis l'âge de vingt ans. Lui aussi est un fan de Charly, il me dit qu'il a été le seul chef d'État que Mme de Gaulle ait reçu dans l'intimité à Colombey, à la mort du Général. Quand il apprend que moi aussi j'y étais, je fais un tabac : il est tout écoute :

« Raconte !

– A la mort de De Gaulle, mon père se précipita à l'école pour demander aux bonnes sœurs l'autorisation d'emmener sa fille à son enterrement à Colombey-les-Deux-Églises; et ma première journée d'école buissonnière fut légale. Papa voulait que je me rappelle ce jour toute ma vie... Mais tout ce dont je me souviens, c'est d'avoir passé l'après-midi sur ses épaules dans un champ de betteraves, à essayer d'apercevoir le cercueil du grand Charles ou à défaut la silhouette de tante Yvonne.

– C'est incroyable la vie ! Peut-être qu'on s'est vus !

– Pas sûr, j'avais à peine dix ans à l'époque.

– C'est vrai, j'oubliais... De quoi ton père est-il mort ?

– D'un accident d'avion, en passant son brevet d'IFR, il a eu la claustro dans un nuage.

– C'est horrible. Tu sais, moi aussi je pilote, j'adore ça... D'ailleurs, j'ai failli me tuer près d'Ispahan... A bord d'un Tiger Moth. J'ai eu des ennuis de moteurs et j'ai dû atterrir en pleine montagne. Je ne sais pas ce qu'il s'est passé, mais je me suis retrouvé pendu à un arbre, la tête en bas... »

Il frissonne, il m'oublie, il est dans les nuages sur son Tiger Moth; puis brusquement il repart sur les joies de l'aviation avec le Concorde qu'il a posé à Téhéran, mais j'ai coupé le son, avec mon père j'ai déjà donné. J'avale une pistache, puis deux, puis trois, en empilant, avec l'habileté d'un cochon d'Inde, leurs cadavres dans le cendrier. Je pense à *autre chose, quelque chose, la chose...* Et une fois de plus depuis dix-sept ans que je la cherche, je ne la trouve pas j'ai toujours l'impression de trimbaler un précipice à l'intérieur de moi qui s'ouvre lorsque je vais être heureuse. Pourtant je n'ai plus envie de partir à Paris, sans m'en rendre compte je me suis attachée à cet homme, à la princesse et même aux Dupond-Dupont, comme quoi on s'habitue à tout! Le Shah veut savoir ce que je vais faire en rentrant en France, alors j'invente des tas de projets pour sauver la face, je suis comme ça! Orgueilleuse, c'est de famille. Que c'est bête. Comme je me déteste!

Le Shah s'est levé et a pris ma main dans la sienne en l'embrassant, il dit à Mlle Vinaigrette qu'il a passé un moment formidable avec elle qu'il n'oubliera jamais, puis il disparaît. Décrire le sentiment d'impuissance, de lassitude et de tristesse de Mlle Vinaigrette à ce moment-là, est impossible. Comme si en partant le Shah avait collé ses cinquante-sept ans à ses dix-sept ans. Je me sens vieille et sans espoir, je vis les choses en style télégraphique :

IL EST PARTI/STOP. NE LE VERRAI PLUS/STOP. N'AI PLUS RIEN A ATTENDRE/STOP. RIEN A ATTENDRE/STOP, FIN DU RÊVE/STOP.

C'est fou, mais s'il y avait la guerre, je me sentirais plus une vocation de mère Courage que dans cette situation bâtarde. Je me sens soudain très fatiguée, comme si j'avais passé mon après-midi dans un champ de betteraves à porter le Shah sur mes épaules. Ma tête est lourde et pleine de frissons et tout devient flou autour de moi, la fièvre qui monte m'enveloppe dans un manteau d'ivresse... La voiture sera là à sept heures, à sept heures. A SEPT HEURES! Oui à sept heures, j'ai compris « Sa majesté m'a chargé de vous remettre ceci, ceci, ceci ceci, ceci, ceci... » Doleimani a sorti d'un coffret une chenille en diamant que ses mains de clown attachent sur mon cou, les pierres froides sur ma peau brûlante me font mal, je me regarde dans la glace : tout à coup j'ai quatre-vingt-quatre ans.

A l'heure dite, je monte dans un cabriolet métallisé, qui démarre en coup de vent en laissant sur le perron les deux jumeaux agiter leurs mains dans le vide. Pendant toute la durée du voyage, le chauffeur de la princesse m'observe à la dérobée à travers son rétroviseur, sans oser m'adresser la parole une seule fois.

Chez les Fardoust, il faut montrer patte blanche à un gardien qui vérifie au téléphone si vous êtes attendu. A l'entrée d'une gigantesque bâtisse de pierres blanches, je reconnais les cinq Silver-Joujou du Prince dont m'a parlé Sépideh, cinq Rolls-Royce, dont il ne se sert plus mais qui font si joli dans le jardin...

Ali, le maître d'hôtel de l'avenue Montaigne, m'introduit dans un salon décoré à l'orientale. Là, je suis hypnotisée par un homme Balouche en robe de taffetas accroché sur le mur, qui me déchire de ses yeux d'ébène. C'est à peine si je jette un coup d'œil sur la vaisselle en or pourtant bien mise en valeur dans une vitrine, par un éclairage spécial. Soudain, une odeur de musc qui m'est familière se répand dans toute la pièce. Je me retourne : c'est la princesse qui est entrée sans bruit. Elle est éblouissante dans sa robe de soie jaune, qui à elle seule absorbe toutes les couleurs de la pièce. Sépideh a l'art de transformer ses défauts en charmes supplémentaires. L'éclat de son teint réussit à faire mentir son gros nez et ses yeux trop petits. Lorsqu'elle entre quelque part, on a l'impression que toute la vie autour d'elle se plie aussitôt aux rythmes de ses mouvements. Que de grâce, de mystère sur ce corps si fragile et ce regard définitif et sans appel, qu'elle porte sur tout ce qui n'est pas elle. Si mes pieds ne sont que des pieds, chez elle ce sont des objets d'art inutiles et faits pour être exposés. Le mystère de sa beauté réside dans le fait qu'on ne sait jamais ce qu'elle pense vraiment, mais est-elle vraiment si belle? Il n'y a que quand elle mange une pâtisserie et que ses yeux se voilent de tulle qu'elle devient humaine et presque désirable.

La tendresse avec laquelle elle m'étouffe dans ses longs bras de pieuvre est inexplicable. Elle, si froide et distante la dernière fois, aujourd'hui me parle avec amour :

« Alors, raconte! Comment ça s'est passé... »

Je dois avoir l'air d'une retardée mentale pour qu'elle ait ce ton si miséricordieux dans la voix. Pourtant je ne peux pas m'empêcher de tout lui raconter, c'est plus fort que moi. Quand j'ai fini, j'attends son diagnostic avec impatience, mais elle ne me répond pas tout de suite. Elle semble tracassée par quelque chose et me dévisage d'un œil neuf, en se demandant : « Marie est-elle si naïve que ça, ou bien me joue-t-elle la comédie ? » Tous cils dehors elle a repris « Marie chérie » et sa belle voix grave :

« C'est étrange, il ne s'est vraiment rien passé entre vous ?

– Non, tu es folle ? »

A la tête de Shadock de mon amie, c'est moi la folle ! Elle soupire un grand coup :

« Écoute chérie, s'il a voulu te revoir, ça n'est pas pour rien...

– Il adore parler avec moi, c'est tout !

– Oui, mais... »

Je ne l'écoute plus, car elle commence à m'agacer avec ses « oui mais ». Je me réfugie dans les bras de l'homme Balouche de la miniature. Mon Dieu qu'il est beau ! Quelle noblesse dans le regard, quel maintien sur son cheval ! J'ai l'impression il va descendre de son cadre pour me prendre dans ses bras... Ça y est ! Il m'a embrassée ! Je me retourne : c'est le prince qui s'est substitué à l'homme Balouche et me dépose avec mollesse un baiser humide sur le front.

« Ça me fait si plaisir de vous voir enfin parmi nous ! Quand j'ai su que vous veniez dîner, j'ai tenu à faire moi-même la cuisine.

– ...?

– Alors votre nouvel ami, n'est-ce pas un homme merveilleux ? »

Heureusement que l'œil noir de la princesse coupe court aux boniments de son mari, car j'attrape des coups de soleil, dès qu'il se met à parler du Shah. Je demande, vu le peu d'énergie dont il fait preuve, comment cet homme peut abattre autant de travail. Et aussi, pourquoi il trimbale toujours ce grand air fatigué avec ces pupilles en têtes d'épingle... la princesse m'explique que son mari prend des médicaments *très, très* forts pour ses rhumatismes, puis m'entraîne au premier étage dans une salle de bains si grande que le studio-kitchenette de mon amie Nadine y ferait office de tiroir : sauna, jakuzi, baignoire-piscine avec système de douche ultra-perfectionné... C'est Disneyland pour la midinette que je suis! Difficile, sinon impossible pour moi de ne pas fourrer mon nez dans tous les flacons de parfums que ma princesse collectionne sur sa coiffeuse comme son mari les Rolls-Royce : *pour faire joli,* et c'est joli! Une goutte de « Fracas » derrière l'oreille, qui tourne à « Tracas » sur ma peau, et c'est assez pour désespérer mon amie qui ne su-pporte-pas les mélanges. Je suis encore en train de faire l'inventaire de ses crèmes pour le corps, lorsqu'elle m'appelle de la pièce d'à côté. Sa chambre est lumineuse, genre Maison et jardin, sans charme particulier. Assise sur son lit, trifouillant dans un coffret à bijoux de cuir rouge, Sépideh en sort en pendentif en diamant en forme de cœur, qu'elle m'attache autour du cou :

« J'ai trouvé ça l'autre jour à Paris chez Van Cleef et j'ai pensé que c'était frais pour une jeune fille... Non? »

My God! Ça c'est du bijou! Ça c'est sérieux! Rien à

voir avec ma gourmette de première communion qui moisit au fond d'un coffre-fort de la banque en attendant ma majorité. J'en arrive même à penser que mon père n'a jamais dû trouver ma mère assez « fraîche et jeune » tout court. Je saute sur mon amie pour l'embrasser, mais celle-ci a un mouvement de recul et me dévisage avec étonnement. Évidemment! Comment pourrait-elle comprendre, elle qui a tant de bijoux qu'elle trouve plus chic de ne pas en mettre? Nous descendons dans la salle à manger, où nous passons à table sans attendre son mari qui arrive dix minutes plus tard en se confondant en un chapelet d'excuses.

Pendant le repas, nous parlons de tout et de rien avec insouciance en tâchant de ne pas faire attention aux troubles de mémoire du vieux monsieur. La seule chose vraiment intéressante à ce dîner est le menu :

Abgought : Potage aux pois chiches et boulettes de viande.

Kababe koubide : Brochettes d'agneau et de viande hachée.

Thelo morgh : Brochettes de poulet.

Le tout est accompagné d'un grand plat de riz blanc, chef-d'œuvre du prince qui m'explique que pour obtenir cette croûte croustillante sur le dessus, il fallait vingt-quatre heures de travail. Je me dis qu'avec les vingt domestiques qu'il a à son service, cela ne fait qu'une heure vingt par personne. Pour accompagner le riz : le *khorech,* composé de viande, de haricots rouges et de ciboulette. En guise de bordeaux? Du *dough,* sorte de yaourt franchement mauvais. Puis comme desserts : des sorbets à la betterave, qui me réconcilient définitivement avec les vieilles pommes ridées du jardin de Bonne-Maman.

Le soir, il n'y avait pas de caviar, d'ailleurs à ce propos le prince me raconte une anecdote en manquant de s'étouffer, tant il l'a trouvée spirituelle : l'Iran avait des problèmes avec l'Union soviétique à cause des esturgeons qui remontaient le cours de la Volga à l'époque du frai, mais redescendaient après le long des côtes iraniennes, ce qui était très ennuyeux pour les Russes qui n'avaient plus de caviar. Le Shah avait alors déclaré : « Les esturgeons émigrent vers le Sud pour des raisons idéologiques. »

...??? Heureusement, Ali le maître d'hôtel nous annonce que le café est servi dans le salon et me revoilà dans les bras de l'homme Balouche. C'est drôle, il me paraît moins beau que tout à l'heure... Sépideh s'est mise à pianoter une valse de Chopin sur l'orgue électrique des enfants, acheté l'année dernière pour leur *Christmas,* tandis que le vieux prince vient s'asseoir à côté de moi avec un gros album de photos. Ça y est, je suis bonne pour un tour! Les premiers pas des enfants, leurs premiers *areu...* Chouette, c'est sur Persépolis! Tiens voilà la Shahbanou en robe du soir discutant bâton de rouge à lèvres avec Grace de Monaco qui a toujours son petit sourire poli et froid en porte-drapeau sur son visage. La brune et la blonde, qu'elles sont belles! Oh! mortelles comme un rêve de pierre. Le mari de Sépideh, l'œil brillant, me désigne avec fierté un morceau de chignon piqué d'un diadème en saphir, comme étant sa femme... Moi, je veux bien. Voilà le Shah parlant avec Chaban-Delmas et sa femme effacée derrière lui, costumée en Cendrillon intello. Quelle classe! Quelle allure! Mais quel ennui sur son visage. A côté d'elle au fond à gauche : le prince toujours raide défoncé par son travail, qui fait semblant de s'intéresser à ce que dit le roi Farouk, qui lui-même fait semblant de parler, pour que la photo paraisse plus naturelle. Puis vient une série de photos de toutes les têtes couronnées d'Europe, agenouillées aux pieds du Shah comme des esclaves. Quelle rigolade que toutes ces monarchies poussiéreuses de siècles et de siècles de règnes qui se prosternent devant un empereur flambant neuf, qui a l'air de sortir tout droit du nettoyage à sec.

Une fois qu'on en a vu une, on les a toutes vues : mêmes sourires, mêmes robes, mêmes expressions de suffisance, chez les hommes, de fausse modestie chez les femmes, même vulgarité. Seuls absents à la fête : Pompidou et la Queen Elizabeth qui se sont décommandés au dernier moment m'apprend le prince. A la fin de l'album, il y a de vieilles coupures de journaux de la presse de l'époque : FARAH IMPÉRATRICE DU MONDE CE SOIR.

Et allez donc Turlurette! Pour le 2 500e anniversaire de la Perse, 2 000 ouvriers ont organisé un somptueux camping de 54 tentes en toile spéciale anti-balles. Toutes les tentes sont groupées en villages, portant chacun le nom d'un continent. Ajoutez à cela de somptueuses salles de bains dont le marbre a été transporté de Paris à Ispahan par camion à cause de son poids, si lourd, qu'il était intransportable en avion. Le camp était entouré de tranchées pleines de soldats armés de mitrailleuses, soigneusement camouflées par les arbres et les 50 000 fleurs commandées chez Georges Truffaut. Pour le gazon spécial-chaleur, qui recouvrait les quatre hectares de sable autour des tentes, on a dû transporter de la terre humide par avion. Pendant un an, trois avions ont dû faire le va-et-vient entre Persépolis et Paris pour transporter : 30 cèdres de 5 mètres de haut, 22 kilomètres de toile pour les tentes, 32 kilomètres de tissu, des matelas impériaux aux dimensions spécial-anti-galipettes, 4 000 pièces de porcelaine (5 millions 600 000 francs anciens), un portrait du couple impérial en cristal dont on détruisit après le moule des gentils organisateurs, 35 chefs pour la cuisine, 160 maîtres d'hôtel avec gants blancs et frac d'époque, 20 lustres en cristal, 12 manucures, 24 coiffeurs, un hôpital d'urgences possédant la fiche détaillée de l'état de santé de tous les chefs d'État, 572 projecteurs pour le son et lumière, 410 caisses de vin de chez Maxim's...

Au total : 1 milliard 500 millions pour le camp. 500 millions pour le son et lumière et plus de 100 millions pour les repas. Le gouvernement iranien compte récupérer son argent en revendant les tentes aux sociétés de tourisme, mais le Club Méditerranée a déjà refusé... J'arrête. Tous ces chiffres ne me disent rien. Je ne sais compter que jusqu'à 10 000 francs anciens, c'est la somme que ma mère a touché de l'assurance pour l'accident d'avion... Et puis il est tard et le prince a encore tant de *travail*...

« Alors on se revoit à Paris?

– On se revoit à Paris! Et encore merci pour tout!... »

Je l'embrasse, il a l'air sincèrement ému de me quitter, l'est-il vraiment autant que moi?

« Marie chérie passe un bon voyage, je t'appelle dès que je rentre à Paris! »

Elle m'embrasse, aussi sincèrement émue, pourtant je ne la crois pas cette Tartufette de palais. Lorsque je monte dans la voiture, je suis triste : FIN DU CONTE DE FÉES/STOP. J'ai l'impression qu'après cette histoire, je ne pourrai jamais plus être comme avant. Je souffre de ne pas savoir où j'ai mal. J'essaye de me défendre contre le vide qui s'empare de moi, mais c'est moi que je blesse. Si seulement le Shah avait essayé de me séduire, j'aurais eu une bonne raison d'être malheureuse, mais non! J'assiste à un procès où il n'y a ni coupable ni juge et pourtant je suis condamnée. Lorsque j'arrive au palais je trouve mes deux vieux enfants ronflant au fond d'un fauteuil dans l'entrée, et monte sans bruit jusqu'à ma chambre, faire mes valises. J'ai envie de tout piquer : L'horrible vue du port de Venise, les cendriers, les boîtes de kleenex, le peignoir de bain; et puis trente secondes après j'ai envie de tout laisser : le cœur de Sépideh, le bracelet de M. Solie, les boutons de manchettes de Farad, le collier du Shah. Finalement j'emporte le peignoir et les boîtes de kleenex et laisse les boutons de manchettes et le bracelet sur la table de nuit.

Le lendemain à dix heures, je suis déjà sur le perron et fais mes adieux à tout le monde... « Oui c'est promis, j'embrasserai la tour Eiffel de votre part... Une carte postale? A quelle adresse? Bon d'accord je l'enverrai à votre bureau à Genève... » Soudain un hélicoptère ronronne dans le ciel, perchée sur mes talons vertiges, comme s'il pouvait me voir de là-haut, je relève la mèche de cheveux qui me tombe sur les yeux et prends mon grand air de *femme-femme.*

Trop tard! le bel oiseau s'est envolé à l'autre bout de la ville... Allez Vinaigrette! Réveille-toi!

2.

Marie est dans l'avion qui la ramène en France. Entourée d'ingénieurs français qui regardent d'un drôle d'œil cette gamine couverte de bijoux comme la veuve d'un P.-D. G de Pop-Corn. Dans le taxi qui roule vers Paris, le chauffeur lui fait la conversation. Dès qu'il apprend qu'elle revient d'Iran, il lui demande si c'est vrai que les Iraniens sont plus propres que les Arabes. Marie lui répond que oui, mais bien moins que les Sénégalais. En vingt minutes elle en apprend plus sur le Shah d'Iran qu'en une semaine là-bas :

« Sa femme, comment qu'elle s'appelle déjà... Fatima? Non, c'est Faradiba! Eh ben y paraît qu'elle est très bien, m'a dit un de mes collègues! Ils sont bourrés de pognon ces gens-là! Alors moi je... »

Heureusement que le taxi arrive devant chez elle car il commence à lui taper sur le système ce monsieur « moi je ». En bas de son immeuble, elle croise la concierge qui discute avec la voisine :

« C'est la petite Untel, la fille de Mme *Untel* du deuxième-gauche, ça va Marie ? »

L'ascenseur est en panne, elle escalade les deux étages en traînant sa valise, sa cage à oiseaux et ses boîtes de kleenex. « Merde ! » elle n'a pas ses clefs ! Marie sonne en s'attendant à être reçue comme l'enfant prodigue, mais quand sa mère vient ouvrir, l'accueil est triste et sans surprise : « As-tu dîné ? »

Toujours la même chanson, rien n'a changé, sauf que ce soir, à la place du hachis il y a un pot-au-feu. Ils sont maintenant tous les trois assis autour de la table de la cuisine : la mère, Rémi le frère, et Marie. Le frère, lui, mange dans son coin, les conversations de bonnes femmes, ça ne l'intéresse pas, même si aujourd'hui c'est sur Londres, Londres ? il s'en fout il y a déjà été avec le CES.

Alors ton anglais, ça avance ? Est-ce que tu as eu le temps au moins de voir la relève de la garde à Buckingham ? Non, elle n'avait pas eu le temps car elle avait été à Picadilly Circus à la place.

« Tu as encore maigri, ma pauvre fille ! Tu as l'air de sortir d'Auchswitz ! Avec quoi tu t'es nourrie là-bas ? »

Avec des sandwichs car elle n'avait plus d'argent. Le frère se lève, il préfère aller trafiquer sa mobylette avec son ami Jean, plutôt que d'écouter leurs conneries, alors la mère et la fille se retrouvent seules. La mère sent que sa fille lui cache quelque chose. La fille sent que sa mère sait qu'elle lui ment...

Qui fera le premier pas ? Qui sera la plus faible ? Qui

a le plus besoin de l'autre? C'est la fille, alors elle y va! Un jour elle était dans une galerie de tableaux à Bond Street où une amie l'avait emmenée, lorsqu'on lui présenta un mage indien qui vivait la moitié du temps en Angleterre et l'autre moitié à New Delhi, aux Indes...

La mère écoute tremblante, sans perdre un mot du récit. De temps en temps elle l'interrompt pour avoir plus de détails, ce qui agace terriblement sa fille qui se sent frustrée dans son plaisir de raconter la belle histoire, devant un auditoire qui pose des questions si primaires. Pourquoi rabaisse-t-elle toujours la poésie de ses aventures avec des « tu devrais », « tu aurais dû », ou « il fallait »... La mère n'y tient plus, elle veut savoir le nom de l'homme. Marie est furieuse, elle lui répond qu'il n'est pas dans l'annuaire des PTT et que c'est un secret, parce qu'il est connu. Alors l'inévitable scène éclate :

Sa fille lui ment! Qu'est-ce qu'elle a fait au Bon Dieu pour avoir des enfants pareils! D'ailleurs elle l'a deviné depuis le début : c'est le révérend Moon. La mère s'est levée et implore le petit Jésus, mais comme celui-ci ne bronche pas, elle se retourne vers sa fille et lui pose directement la question. Marie lui répond qu'elle n'en sait rien, qu'elle n'a jamais été vraiment copine avec lui mais comme sa mère va tout casser, elle finit par sonner la mi-temps en lui demandant pardon.

Elle lui a menti, mais cette fois-ci, elle va lui dire toute la vérité et rien que la vérité. Silence gaullien dans la cuisine des *Untel* de la place des Ternes. Les deux femmes reprennent leur calme et se rassoient, l'air grave.

La mère ouvre le dialogue :

« J'en ai trop vu dans la vie... Dis-moi la vérité, Mimi. »

Mimi se dit qu'un médecin aura plus de tenue pour sa mère qu'un mage, ça fait plus sérieux :

« Non, en vérité c'est un médecin, maman... »

Le visage de la mère s'illumine, il est plein d'espoir, ce qui achève de mettre Mimi dans l'embarras.

« Mais quel âge a-t-il cet homme ?

– Cinquante-sept ans.

– Oh quelle horreur ! »

La fille s'est levée, déjà elle regrette de s'être confiée à sa mère et le lui dit :

« C'est la dernière fois que je te dirai quelque chose; en plus il ne s'est rien passé ! C'était juste un flash platonique ! Sentimental ! appelle ça comme tu veux ! »

Son ton est si autoritaire que sa mère en a le souffle coupé, elle ne sait plus quoi lui répondre et Marie en profite pour s'en aller.

« Je suis fatiguée, j'ai voyagé toute la journée dans le train, alors : good night ! » CIAO. Elle sort en laissant sa mère toute seule dans *SA* cuisine avec *SON* pot-au-feu, *SON* petit Jésus, *SON* médecin indien *SES* cinquante-sept ans.

Durant toute la journée du lendemain, comme deux chattes chassant sur le même territoire, elles échangent des phrases de politesse.

Décidément, le frère n'y comprend plus rien aux femmes : l'une joue aux intellectuelles qui n'a sûrement pas de temps à perdre avec les histoires de sa fille tandis que l'autre prend sa mère pour une carte vermeille périmée.

Une semaine passe, puis deux, et toujours pas de nouvelles iraniennes. La mère a finalement rayé de la carte les Indes et son aspiration pour la philosophie avec. Ce soir elle râle car elle a raté son soufflé. Soudain, le téléphone se met à sonner. Le frère, bonne poire, va répondre et revient exaspéré car c'est encore pour Vinaigrette !

Quand Marie entend la petite voix nasillarde de Doleimani qui grésille au bout du fil, son cœur bat très fort. « *La personne* voudrait avoir de ses nouvelles, il aimerait tellement la revoir »... Mais elle n'écoute plus le babillage de celui-ci car sa mère vient d'entrer dans sa chambre sous prétexte qu'elle a perdu sa brosse à cheveux. C'est connu, les mères ont un sixième sens quand il s'agit de leurs filles ! Alors elle bredouille dans l'appareil :

« Je ne sais pas si je pourrai, je vais réfléchir... »

L'avocat la supplie maintenant, mais l'espionne est toujours dans la pièce.

Alors Marie lui demande de rappeler dans quelques jours et raccroche sur un malentendu. La fille a envie d'étrangler sa mère, qui vient comme par hasard de retrouver sa brosse.

Le téléphone résonne et c'est une fois de plus pour Vinaigrette ; le frère a compris cette fois-ci : les femmes prennent les hommes pour des pigeons. Elle se précipite à l'appareil et reconnaît la voix féline de la princesse :

« Allô? Marie chérie... Tu m'entends? Mais que se passe-t-il, pourquoi ne veux-tu pas revenir à Téhéran? Tu es folle? *Qui tu sais* veut te revoir, tu te rends pas compte, c'est fantastique!

– Je parle tout doucement à cause de maman... J'essayerai de venir en juillet pour les grandes vacances.

– Notre ami veut te voir tout de suite, chérie! Si c'est à cause de l'argent, ne t'inquiète pas, je reviens dans cinq jours à Paris, je t'en donnerai.

– Écoute, je...

– On n'en parle plus. Est-ce que tu peux être à Téhéran dans dix jours?

– Heu! Mais qu'est-ce que je vais dire à ma mère?

– La même chose que la dernière fois, que je t'invite chez moi. »

Marie ne peut pas lui dire que chez les bourgeois français ça ne se fait pas, et que pour eux les Iraniens sont des sauvages.

« Bon d'accord, je me débrouillerai... »

Elles s'embrassent TRÈS fort, raccrochent, et l'affaire est dans le sac. Mademoiselle Vinaigrette ne tient plus en place, toutes ses bonnes résolutions sont oubliées, et elle fonce presque tout raconter à sa mère : « Maman! Il m'a téléphoné! Il veut me revoir! Il m'envoie un billet d'avion pour les Indes! » Elle se jette sur son frère Rémi comme une terroriste, et lui vole un baiser; mais le frère qui ne comprend jamais rien, grogne, il est comme les bouledogues, il déteste qu'on le touche. La mère est furieuse :

« Mais Mimi, ça ne va pas la tête? Si tu vas là-bas, tu seras obligée d'aller dans le lit de cet homme!

– Ma pauvre maman, décidément tu n'y es pas du tout; c'est un mystique!

– Ma pauvre fille, tu es si naïve! soupire-t-elle en direction du Petit Chose. Et puis arrête de me raconter des histoires... Je ne suis pas folle! J'ai bien deviné que c'était Moon! D'ailleurs, il n'y a qu'à voir ta tête, ça saute aux yeux, *ils* t'ont complètement bourré le crâne! Ah çà! *Ils* n'ont pas perdu de temps avec toi... Et puis je commence à comprendre pourquoi tu es si maigre, *ils* te nourrissent avec du riz, ça leur coûte moins cher! Je vais porter plainte à la police, moi, tu vas voir si ça fait un pli... »

Pour la rassurer, Mimi lui raconte que l'homme est un admirateur du cardinal, mais ça ne fait qu'aggraver les choses : « Entre religieux, ils se connaissent tous! » lui réplique sa mère. Alors Marie sort sa dernière carte : la passion du médecin pour le général de Gaulle. Visiblement, cet argument à plus de poids sur celle-ci, qui s'imagine mal le révérend Moon et le général bras dessous, bras dessus. Mais la mère est têtue et reste sur ses positions, alors Vinaigrette claque la porte de l'appartement et s'en va.

Quand à minuit, elle revient chez elle, un petit mot est posé sur son lit. Je vous le recopie tel quel, à vous de juger :

« L'Anglais.
Le Petit Gendry.
Le cousin de Nadine.
Roger... Et j'en ai sûrement oublié.

Post-scriptum : Je te soumets cette liste, sûrement incomplète, qui se passe de tout commentaire. A toi de faire le point sur ta vie. Ne crois-tu pas que tu as assez *fleureté* et qu'il serait temps de bâtir quelque chose de solide ? » C'était signé : « Ta mère, qui est et qui restera ta mère, malgré tout. »

Durant la semaine qui précède le départ de Mimi, la mère se ruine en faisant prier des couvents entiers de bonnes sœurs au chômage, et va chez sa conseillère conjugale, non agréée par la sécurité sociale, qui lui recommande de ne surtout pas braquer sa fille... Sa fille n'est pas dans son état normal, elle est sous l'influence de la secte.

Trois jours avant le départ, la princesse téléphone à Marie et l'invite à déjeuner chez elle avenue Montaigne. Elle se montre plus loukoum que jamais, et lui remet son billet d'avion en regrettant de ne pas être à Téhéran à ce moment-là. Et puis Sépideh tient *tellement* à ce que Marie s'achète quelque chose de *gentil* pour être *jolie* pour lui, qu'elle lui donne de l'argent au cas où elle n'en aurait pas assez.

Évidemment, notre Cendrillon ne va pas chez Christian Dior, elle passe tout son après-midi à dévaliser le Prisunic de son quartier; où pour le prix d'une robe d'un grand couturier, elle en achète vingt là-bas. De retour chez elle, sa mère lui demande avec quel argent elle a acheté toutes ces « cochonneries », et comme Mimi n'est plus à un mensonge près, elle lui dit qu'elle a vendu toute sa collection de Tintin et d'Astérix aux puces. La mère qui ne connaît rien aux bandes dessinées mais qui sait quand même la valeur de l'argent, avale ça de travers :

« Tu n'es qu'une menteuse! Un être diabolique, mais pourquoi mens-tu? »

Pourquoi? Mimi n'en sait rien, en tout cas elle n'a plus le temps de chercher; il faut qu'elle rassure sa mère :

« Parce que mon médecin n'habite pas aux Indes mais en Israël... »

Une des grandes théories de Mimi sur le prêt-à-gober, c'est que plus c'est gros plus ça marche.

« Mais enfin! Mimi pourquoi m'as-tu dit qu'il habitait aux Indes?

– Enfin maman! Mais parce qu'en Israël, il y a la guerre! Je ne voulais pas que tu t'inquiètes... » lui dit-elle d'une voix candide. Le souffle coupé, la mère s'assoit sur son évier et se met à réfléchir : c'est peut-être vrai, Moon n'habite sûrement pas en Israël... Soudain, une idée effrayante lui traverse l'esprit :

« Ça n'est pas un rabbin quand même? »

Je ne sais pas ce qui se passe dans la tête de Marie pour qu'elle lui réponde oui, mais je crois que cette idée de mage, de religieux l'obsède, elle voit le Shah d'Iran comme un mystique, plus souvent dans la lune que sur la terre. Je vous passe les détails, lorsque la mère apprend, en plus, qu'il est marié avec des enfants, vous n'avez qu'à demander aux gens du quartier, ils sont plus au courant que moi... En attendant, Mimi est à Orly en train d'acheter des cravates à pois pour remplacer celles du révérend Moon, qui sont trop laides. Vite! Il ne lui reste plus beaucoup de temps, son avion part dans vingt minutes...

Belle comme une poupée Barbie tout juste sortie de sa boîte, je suis très fière de ma robe bleu canard, achetée pour le prix d'une biscotte Heudebert au Prisunic de la place des Ternes. Sans perdre une seconde je monte dans mon carrosse, et agite mes cinq griffes rouges sur la vitre qui me sépare du cocher : VROUMMM...

Je démarre. Cela fait bien dix bonnes minutes que je parcours les routes poussiéreuses du royaume, où tout n'est que chaleur et pauvreté, quand brusquement, au détour d'une colline pelée, l'équipage s'arrête net face à une grosse grille de fer forgé doré. Le carrosse se transforme en limousine blindée, le cocher en travailleur émigré et le page de service en policier armé.

On me fait signe de me cacher sous la banquette pour que les gardes de sa majesté ne voient pas mon visage. Le nez enfoui dans du cuir, j'entends des hommes parler entre eux puis le grincement d'une grille qui s'ouvre et de nouveau la voix du chauffeur qui m'invite à me relever avec des : « *It's ok, it's ok.* » Schéhérazade a-t-elle rencontré Marie-Jeanne ce matin en buvant son Ovomaltine ? C'est la question que je me pose en rouvrant les yeux. Je me demande si je n'ai pas une hallucination, où suis-je ? Sur les tapis du prophète Ali dont les motifs dessinés par la main de Dieu ont la souplesse de la soie, je suis dans une oasis.

La voiture s'engage sur une allée de cailloutis roses, qui me rappelle la plage de Cabourg avec son banc de coquillages incrustés dans le sable. Des palmiers comme des gros artichauts, des eucalyptus aux feuilles grisées, bordent des jardins étagés qui pleurent toutes leurs fleurs au bord d'un étang. Plus loin un ruisseau égrène des notes claires avant de tomber dans une cascade d'applaudissements à côté d'une roseraie, sagement disciplinée en tonnelle. Le luxe, le calme et la volupté, sans un jardinier pour me rappeler que je suis dans un Paradis privé. Soudain, plus une feuille, plus une fleur, plus une note, la lumière d'un palais dans toute sa nudité, allonge son corps au travers de l'allée. En descendant de voiture, je me sens happée par une porte, puis je me retrouve dans la pénombre d'une sorte de boudoir, où je reconnais le pseudo-ministre du protocole dont m'a parlé Sépideh. Sans un mot, sans un sourire, le vieux monsieur m'introduit dans une pièce et disparaît aussitôt.

Tout à coup, je suis à l'intérieur d'un diamant où des centaines de Marie déformées s'agitent tout autour de moi. Ma tête se met à tourner si violemment que je me dirige vers le seul point fixe de la pièce : un canapé.

Tous ces doubles, qui me regardent d'un air effrayé, m'obsèdent et j'ai envie de fuir. Pour les chasser, je les fixe droit dans les yeux : des glaces recouvrent les murs dont seules de fines gravures entaillent le poli des miroirs et leur donnent une consistance diaphane.

CHUTTTT!... Écoute! Non, c'est une fausse alerte, j'ai eu peur! Mine de crayon! Cela fait maintenant plus de dix minutes qu'on m'a enfermée dans cette boule de cristal! Je parle toute seule pour contrôler le temps, ça me rassure. Sur la table, il y a une coupe en faïence rose, remplie de pièces d'or à l'effigie du Shah, j'en prends une et la jette en l'air en essayant de la rattraper au vol... On s'amuse comme on peut!

Soudain, des milliers de portes s'ouvrent, mettant en branle une armée de Shah aux visages souriants qui viennent rejoindre toutes les Marie reflétées par les miroirs. L'amorce d'un geste tendre, quelques moments d'hésitation, puis les silhouettes démultipliées s'embrassent du bout des joues. L'illusion est rompue, un malaise s'installe entre nous. Tous ces doubles maladroits qui nous regardent... Para... Para quoi? Ah! Paranoïaque! Moi? Friflo l'est bien plus... il ne tient plus en place et m'entraîne vers une porte, prétextant de me faire visiter le palais. Friflo? C'est le surnom que je lui ai trouvé hier dans l'avion. C'est le diminutif de « Fritz the cat », le chat fou du dessin animé américain. Il faut bien que je donne un nom à cet homme...

Je le suis le long d'un couloir où des princes à la taille pincée courtisent des danseuses ondulantes et des joueuses de mandolines, figées à jamais sur les murs. Puis nous arrivons dans un salon à la française vert émeraude, d'un esprit des plus conventionnels dont Friflo m'apprend qu'il sert à recevoir les chefs d'État étrangers de passage en Iran, et j'observe une minute de silence devant un divan où Michel Poniatowski aurait posé son gros potiron. Nous traversons des chambres à coucher, des salles de bains et des boudoirs, tous plus luxueux les uns que les autres, puis la visite se termine dans un fauteuil du salon vert, lui sirotant un verre de Badoit et moi biberonnant une coupe de champagne. Nous parlons de tout et de rien... De rien surtout :

« Tu sais, il y a quelques jours il y a eu un scandale ici... à cause des Émirs Arabes qui ont laissé leurs chambres en partant dans un état si lamentable qu'on a dû donner des primes aux domestiques pour qu'ils acceptent d'y faire le ménage... »

Je suis étonnée d'entendre, dans la bouche d'un empereur, des histoires de ménagères. Comment un homme si occupé par son pays peut-il avoir le temps de se soucier du linge sale de ses palais? Je me dis que c'est le moment ou jamais de lui offrir mes cravates à pois du duty-free d'Orly, avant qu'il ne redevienne sérieux. Quand je pense que j'ai hésité une demi-heure avant de me décider entre les pois et les rayures, et qu'il met dix secondes pour ouvrir son paquet, cinq autres pour découvrir ce qu'il y a dedans, et une pour le déposer distraitement sur la table à côté de lui. Enfin! Comme il n'a pas été élevé en Suisse pour rien, il passe vingt minutes à me remercier en m'expliquant qu'il en avait justement besoin d'une. Il doit penser que je boude, car son visage s'est assombri et il me demande tout doucement ce que j'ai, pour avoir l'air si triste. Alors j'invente un mal de dent, sans soupçonner que j'aurai le droit à une consultation pour le même prix : « Tout le monde devrait se les faire arracher et en poser des fausses à la place, comme lui. On fait des porcelaines formidables de nos jours ! »

Le docteur Chat veut m'envoyer chez son dentiste qui me fera tout ça très bien sans me faire mal. Et j'ai beau lui montrer mon plus beau sourire, rien n'y fait :

« Ça commence par une carie et ça finit par une dent de sagesse... Débarrasse-toi de ce problème maintenant si tu es une fille sérieuse. »

Comme je suis tout sauf une fille sérieuse, je me ressers une coupe de petites bulles magiques pour ne plus entendre le bruit de la roulette grincer au fond de sa voix. Je me rends compte qu'un empereur mène une vie de top-modèle. Tout ce qu'il mange est passé au microscope par son chef français, qui se casse la tête pour lui composer des menus variés tels que : « steack haricots verts » ou encore « steack salade », « steack épinards » avec une pomme de terre sautée le dimanche. Si on l'écoutait, tout le monde serait au « steack-machin », même les Indiens du Bengladesh. Évidemment, moi qui avale n'importe quoi du moment que ça a du goût, même le bordeaux si on me donne du Coca pour mélanger avec, je fais figure de vide-ordures à côté de lui... Enfin je le rassure sur ma santé en lui disant que je me porte comme une miraculée de Lourdes. J'ai eu tout ce qu'une jeune fille de Sainte-Marie-de-Neuilly peut avoir : la varicelle à huit ans, la rougeole à dix ans, les oreillons à douze et je suis devenue une femme à seize ans et demi. La seule chose que je n'ai jamais eue, c'est de la poitrine, le Petit Jésus s'est trompé en me donnant des piqûres de moustiques à la place des seins. Les piqûres de moustiques le font rire, il abandonne son verre de Badoit et se verse un whisky, le champagne lui donne mal à la tête, que voulez-vous ! C'est alors que j'ose enfin lui demander à qui appartiennent les pièces d'or du salon de diamant. Il m'explique que c'est une vieille coutume iranienne, qui veut que lorsque le souverain se rend quelque part, ses hôtes lui déposent leurs fortunes à ses pieds...

« C'est une formule de politesse, si tu veux... »

Il prend un air affligé en me désignant le pseudo-ministre d'à côté : « C'est une de ses idées, il cherche toujours à me faire plaisir... Et il croit que ça me fait plaisir en plus ! Alors je le laisse croire, il est si gentil au fond. » Comme je n'aime pas les gens gentils, je fais le dos rond. La façon qu'il a de s'attendrir sur ce rapace d'à côté m'agace, alors je change de sujet de conversation et me lance dans la politique. Histoire de faire plaisir à ma mère en rentrant à Paris je lui demande si c'est vrai qu'il finance Jacques Chirac. Mais quand il veut savoir qui m'a raconté cela, je n'ose pas lui dire que c'est le chauffeur de taxi qui m'a conduite à l'aéroport, et j'invente un pseudo-cousin qui travaille au Sénat.

Il reste évasif quant à la réponse :

« Il est mieux que Giscard! »

Je ne sais pas quoi lui répondre. Les notions de politique inculquées à l'âge de huit ans par mon père, du genre « la droite : c'est les vieilles pierres et la gauche : c'est les HLM », ne me donnent pas de quoi passer le concours de Sciences Po.

Il me regarde maintenant d'un œil plein de malice et réprime un sourire.

« Toi, tu es bien française! On dirait Marianne, ce nez en trompette, ces yeux mutins... » Il s'est arrêté de parler et prend ma main dans la sienne en me regardant comme quelqu'un qui a tout son temps, d'une façon si sérieuse que tout à coup, j'ai l'impression d'être enceinte de six mois. Je n'ai plus aucune envie de rire, d'ailleurs j'ai envie de pleurer... Non, je n'ai pas envie de pleurer, j'ai envie, j'ai envie... D'avoir envie, peut-être. Alors je fais celle qui n'a rien remarqué et continue à parler, ma main perdue dans la sienne. Me voilà encore en train de faire de la politique... Internationale en plus! Avec des phrases aussi profondes que « Il paraît qu'il va y avoir la guerre atomique! » J'ai sorti ça, comme j'aurais pu dire « Il paraît qu'il va pleuvoir demain! » sans m'imaginer qu'il me répondrait : oui. Et le pire, c'est que lorsque je lui demande quand, il me dit froidement : « En Europe dans dix ans. » Je suis au quatrième sous-sol, je m'imagine déjà ma mère, mes frères et moi nos valises sous le bras en route vers un ghetto. Seuls l'Iran et la Suisse seront épargnés selon lui. Comme sa main chaude est toujours dans la mienne, je décide de faire confiance à mon intuition féminine. Le grain de la peau est-ce que ça peut mentir? Et puis après tout, il est sûrement mieux placé que maman ou mes deux frères pour savoir de quoi il parle!

Il a un geste vers sa montre, il doit partir plus tôt car aujourd'hui il reçoit la veuve de Chou En-lai : Mme Teng Ying-chao. Je suis un peu triste mais pas trop, car il a dit *aujourd'hui*, donc il y aura un demain! Et qu'est-ce qu'une femme demande à l'homme dont elle est amoureuse, sinon un demain. Je prends la mine de celle qui a *tout compris, tout vu, tout entendu* en un seul sourire et je le suis jusqu'au hall d'entrée. Quand il s'adresse au monsieur-pseudo, sa voix douce d'avant s'est complètement métamorphosée, elle est devenue cassante et froide :

« J'aimerais qu'on emmène Mademoiselle sur l'île de Kish pour quelques jours, merci. »

Sa main, qui n'a pas quitté la mienne depuis tout à l'heure, se détache et disparaît dans une des poches du costume gris qui s'efface aussitôt derrière la porte. Il est parti.

La limousine traverse le tapis d'Ali sans même que je m'en aperçoive. Lorsque j'arrive au palais, je ne sens plus mes pas sous mes pieds. Ma vie soudain est si prise en charge, que je ne sais plus pour quoi ou pour qui m'inquiéter. Pourtant, j'essaye bien de me faire un peu peur en appelant maman à Paris pour la prévenir de la guerre atomique du révérend Moon; mais la ligne sonne toujours occupée...

Le soir au dîner, 007 et 007 bis m'annoncent que tout est prêt pour le départ : le jet de sa majesté décollera demain matin à 9 heures et c'est la princesse qui m'accompagnera. Mais qu'est-ce que c'est que ce bazar ! Impossible, Sépideh est à Paris !

« No miss, she came this afternoon... »

Bazar? bazar? j'ai dit bazar? comme c'est bazar...

Le lendemain, nous survolons le désert d'Ispahan. Nous? C'est Sépideh, sa fille Jallé (en chair et en os!), son chien Boubouche, Soudie, l'amie d'enfance de la princesse et sa fille Massie. Le paysage est lunaire, vues de haut les montagnes du Luristan ressemblent à une mer d'or. Vers midi notre vaisseau atterrit sur la planète Kish.

Kish? C'est la dernière super-production du Shah! Le Las Vegas iranien! Le Saint-Tropez du monde arabe! Le Monte-Carlo du golfe Persique! Le miracle de 200 milliards! La place de Paradis à des prix défiant toute concurrence : 1 000 dollars le mètre carré! L'île qui ne connaît pas l'hiver! Kish, dédiée à Vénus sous Darius le grand à cause de sa culture de perles, sous le Shah sera offerte à la déesse Jet-set pour la pêche aux dollars.

Polo, golf, palaces, casino, boutiques, restaurants, tout a été importé sauf le sable. La radio est américaine, les croupiers et le gazon sont anglais, le personnel hôtelier est français, les services médicaux allemands et l'usine de désalinisation de l'eau de mer est israélienne.

Ah! j'oubliais : on prévoit une navette avec le Concorde, deux fois par mois. Voilà, vous en savez autant que moi, lorsque je débarque de l'avion pour monter à l'intérieur de la sempiternelle limousine noire.

Pas de trace de « Caroline de Monaco and Co » se promenant incognito sur la plage au bras d'un play-boy bien bronzé, comme la presse internationale l'a décrit dans son prospectus; seuls quelques ouvriers fatigués traînent leurs ombres sous un soleil orange. Nous roulons le long d'une route au goudron encore frais bordée d'hôtels flambant neufs, complètement vides, désaffectés, abandonnés dans le sable comme les constructions en LEGO d'un enfant capricieux. Plus loin, un casino en chantier sert à abriter de la chaleur les bergers qui font paître leurs moutons. C'est pathétique, je n'y comprends plus rien! Sommes-nous les seuls vacanciers en villégiature sur cette île?

La princesse m'explique que Kish est interdite au public jusqu'à la fin des travaux. Ah bon?... Mais je croyais que... Cause toujours Vinaigrette! Ce que tu croyais n'intéresse personne. Et je suis obligée d'enfiler ma petite laine sous une température de trente-huit degrés pour ne pas choquer les indigènes en tchadors aux regards de lance-pierres, que nous croisons sur notre chemin. Au bout d'un moment, nous stoppons face à une sorte de grande pyramide égyptienne en pierres blanches qui donne sur la mer. Aussitôt les deux fillettes excitées sortent de la voiture en poussant des petits cris de moineaux, tandis que leurs mères énervées les envoient jouer aux Toutankhamon ailleurs. J'ai bien envie de les suivre car je commence à étouffer sous mes bandelettes de laine, mais mon chaperon m'a pris le bras et m'entraîne déjà à l'intérieur du palais.

Bravo! Et encore bravo pour les architectes européens! Ils ont réussi à recréer l'atmosphère exotique de la salle de conférences réservée aux comités d'entreprises de l'hôtel Méridien. Fauteuils en skaï orange, moquette à reliefs pelucheux moutarde, rideaux à trou-trou, cendriers perroquets, et cow-boys à nœuds papillons qui accourent à notre rencontre. Pourtant, malgré tout ça, cet endroit ne manque pas de poésie... Mais la poésie, c'est tellement triste parfois! D'ailleurs sur cette île tout est triste : la mer muette, la plage à la peau si blanche, qu'on ose à peine la déranger pour aller se baigner, ces hôtels vides, cette odeur de fruit trop mûr, ces fleurs en robe du soir et ce soleil, qui se prend pour le nombril de Dieu ou est-ce moi qui suis triste?

Kish? qish? qich? quich? quiche! c'est pas de la tarte!

La princesse nous distribue nos chambres avec l'autorité de la reine mère. Bien sûr, je suis sa voisine, tandis que son amie Soudie a été reléguée à l'autre bout du couloir, dans la seule pièce où l'air conditionné est cassé. J'ai l'impression que Sépideh confond l'amitié avec l'esclavage en ce qui concerne Soudie. Quand elle s'adresse à elle, c'est toujours pour aller chercher quelque chose : son paquet de cigarettes qui est resté dans la voiture, ses lunettes de soleil qui sont dans son sac, ou bien alors son chapeau qu'elle a oublié dans le salon. Et à chaque fois Soudie court, vole, bondit et revient avec l'objet demandé, sans jamais quitter son sourire de bonne sœur. Encore poétique et triste, cette brave fille de trente ans, divorcée et seule, qui a perdu toute sa fraîcheur avec son premier chagrin d'amour. Une fois les valises défaites, nous rejoignons sur la plage les enfants qui nous ont préparé un spectacle de théâtre. Elles nous miment une scène de ménage entre un mari et sa femme avec toutes sortes d'artifices. Bien sûr la fille de Sépideh, qui est la plus mignonne des deux, joue la femme, elle minaude comme un petit singe et sa mère applaudit. Cette fillette de neuf ans, toujours tirée à quatre épingles, commence à m'horripiler avec son petit côté Shirley Temple! Jalouse Vinaigrette? Non, moi je préférais le Club des cinq.

En fin d'après-midi, lorsque le soleil a rentré ses langues de feu, la princesse nous propose d'aller faire un tour au bazar du village de Sefayin. De nouveau nous enfilons nos bandelettes de laine et le sarcophage noir nous emmène vers la caverne d'Ali Baba et ses quarante vendeurs. Les marchands des voleurs? Sûrement pas sur l'île de Kish, qui offre 20 % de détaxe sur tous les parfums, foulards, cigarettes et postes de radio, à croire qu'ils ont dévalisé les boutiques de duty-free des aéroports du monde entier. Pour moi tout est gratuit, c'est le rêve!... Enfin le rêve surveillé, car j'ai constamment la sensation d'avoir un individu louche scotché à mon dos comme un poisson d'avril. Heureusement, l'heure du dîner arrive avec l'inévitable partie de cartes des enfants qu'il faut laisser gagner pour qu'ils aillent se coucher sans histoires. Puis c'est l'heure de la tisane entre grandes, avec ses fausses confidences, ses secrets de Polichinelle, ses projets de bronzage non-stop pour la journée du lendemain; suivis des « bonne nuit Sépideh, des bonne nuit Soudie dors bien chérie », et des je t'embrasse à droite et des je t'embrasse à gauche. C'est un métier la politesse! Quand je referme la porte de ma chambre, j'ai les joues tatouées par leurs rouges à lèvres. Tout en me démaquillant, je me demande : pour qui ces ouvrières du soleil travaillent-elles? Pour un prince de soixante-dix ans à moitié aveugle? Ou pour l'éternel futur mari de Soudie qu'elle n'a toujours pas rencontré? Quel gâchis!

Je m'endors comme la fille préférée d'un marchand de sable. Cette nuit-là, je fais un rêve étrange... Je me retrouve en classe de dixième à Sainte-Marie-de-Neuilly, lorsque le professeur de français m'appelle au tableau pour réciter le verbe *être*. Le seul que je n'arrive pas à retenir, ma bête noire, celui qui m'a déjà fait redoubler deux dixièmes! Au moment où je grimpe sur l'estrade, je m'aperçois que je suis toute nue sous ma jupe plissée. Heureusement, mon uniforme me tombe aux mollets et personne ne s'en rend compte. Soudain une porte s'ouvre, la mère supérieure entre, accompagnée d'un homme qu'elle nous présente comme notre nouveau moniteur d'éducation physique. C'est le Shah d'Iran, dans un survêtement bleu électrique. Pendant quelques secondes, son regard fixe mes bottes de caoutchouc rouge, puis remonte le long de mes cuisses sous ma jupe et s'arrête, un méchant courant d'air passe gentiment entre mes cuisses. Il sait et je sais qu'il sait. Alors je baisse les yeux par fausse honte, troublée par ce délicieux mensonge à deux. C'est alors que le Shah commence à regarder toutes les élèves, sauf moi, je suis désespérée. J'ai beau lever le doigt très haut en me tortillant dans tous les sens sur ma chaise pour attirer son attention, il fait semblant de ne pas me connaître. Pourtant, en passant dans les rangs, lorsqu'il va pour s'en aller, il réussit à me glisser dans la poche de mon tablier, sans que personne s'en aperçoive, un bout de papier. Dès que la cloche de la récréation sonne, je plonge la tête dans mon pupitre pour lire son mot. C'est curieux... Il est écrit en japonais et MIRACLE : je comprends le japonais. « *Sois à midi dans la cour,* signé *: ton Chat.* » *Post-scriptum :* « *garde ton tablier et tes bottes de caoutchouc.* »

A midi, je vois sortir du réfectoire un gros chat à poils roux, qui se dirige vers moi en frémissant des moustaches. C'est lui qui s'est métamorphosé en félin. Ses miaulements sont si graves, que je suis obligée de me baisser et de tendre l'oreille pour arriver à comprendre ce qu'il me dit :

« Maintenant que tu sais toute la vérité, tu ne pourras jamais plus m'aimer... »

Pour le rassurer je le prends dans mes bras, mais

lorsque je passe mes doigts dans ses poils, c'est une peau d'homme que je caresse... Je vois un chat et je touche un homme. Plus mon Shah parle, plus il rapetisse à vue d'œil. Avant qu'il ne finisse en porte-bonheur sur un pare-brise de voiture, j'enferme mon gros matou dans mon cartable et saute dans l'autobus. A la maison, je l'installe sur le lit de mon frère et m'allonge à ses côtés en éteignant la lumière. Quelque chose en moi me dit que la seule façon de le délivrer de son sortilège, c'est de faire l'amour avec lui. Mais ses yeux phosphorescents m'espionnent dans la nuit et j'hésite à me rapprocher... je tends timidement un bras pour l'attirer vers moi, quand soudain une main m'empoigne violemment et me projette sur le ventre, tandis qu'une autre m'attrape par ma queue de cheval et commence à me tirer les cheveux comme si c'était des rênes. L'homme-chat me prend en me chuchotant des drôles de choses à l'oreille, et je fais la morte pour ne pas pouffer de rire. Plus il me fait l'amour avec douceur et plus il tire fort sur mes cheveux. J'ai l'impression d'être une pouliche, il galope entre mes cuisses en me frappant sur les hanches de temps en temps pour que je ne m'endorme pas. Je le déteste du fond du corps, mais j'avance bien sagement en ondulant des reins. Tout à coup mes ongles plantés dans ses épaules se transforment en griffes, mes yeux se fendent et brillent dans le noir et c'est moi la chatte. Égoïste et toute de velours, je roule sur le dos et me laisse câliner en ronronnant sous lui. Quand soudain une porte, en s'ouvrant, éclabousse la chambre d'une lumière jaune, c'est mon frère qui a oublié sa raquette de tennis! A mes côtés le chat ronronne paisiblement en clignant des yeux, sagement assis sur ses petites pattes de derrière. Alors je le prends par la peau du cou et le remets dans mon cartable.

La journée du lendemain glisse à toute allure sans que je la voie passer. Les seins au soleil, l'individu louche regardant mes seins, et le soleil regardant l'individu louche. Le jour d'après, la mer est toujours là, immobile et muette, écoutant le soleil faire des vagues sur la plage, mais sans nous. Nous? Nous sommes dans l'avion qui éponge de ses ailes l'île de Kish, qui n'est plus qu'une miette de pain sur une immense toile cirée verte.

Perchée au premier étage, le nez collé à la fenêtre, je fais de la buée avec ma bouche. *J'attends,* j'attends. **J'attends!**

Évidemment, entre les hommes genre « doublure lumière de Mick Jagger », dont Nadine et moi tombons généralement amoureuses et un Shah en costume gris... Et alors? Pourquoi pas lui? Un homme qui au départ n'a rien pour séduire, ça devrait me plaire!

Toc-Toc-Toc : on frappe les trois coups. Il entre. Le rideau tombe et je ne sais toujours pas quel rôle lui donner : confident? Jeune premier? Moniteur d'éducation physique? Ou Raminagrobis à poil roux?

La représentation débute comme dans *L'École des femmes.* Arnolphe demande à Agnès ce qu'elle a fait durant son absence. Cette fois-ci je lui donne la réplique avec plus de conviction qu'avant, j'ai toujours le pressentiment que c'est la dernière fois que je le vois. Dans un sens, c'est excitant... Et les sens uniques ça me connaît. Très vite vient le moment où je n'ai plus rien à dire et il se lève pour mettre un disque, pendant que j'allume une cigarette en cherchant mon texte pour le deuxième acte. Rien, nada, nothing, niet, c'est le trou de mémoire!

Mais aussi pourquoi faut-il toujours parler! Pourquoi n'essaie-t-il pas de me prendre dans ses bras? Pourquoi? Évidemment s'il aime les danses du ventre sur talons aiguilles, avec ma robe verte qui me donne une mine de pastille valda et mes escarpins à pompons « spécial chasse-neige », j'ai tout du vaccin anti-désir! Croyez-en ma fraîche expérience : dix-sept ans et un amant! Chacun à un bout du canapé le regard perdu dans le vide, nous écoutons une symphonie pour jouets que Mozart a écrit avec son père à l'âge de douze ans. Que d'humour dans le clavecin et de tendresse dans la flûte! Toutes les notes me picotent au cœur, et soudain j'ai envie de mourir. La beauté devient meurtrière à un certain degré, une mesure au violon et je m'écroule comme un château de cartes. Tout à coup j'ai honte d'entrer dans la vie de cet homme comme dans un supermarché, à cause d'une carte de visite, que je brandis à la figure de tout le monde parce qu'il y a écrit dix-sept ans dessus. Même l'insolence avec laquelle je prends la vie ne me coûte pas un clou, elle est en toc, comme ce palais, ces bergères sans moutons qui font tout ce qu'elles peuvent pour faire « little Versailles », ces bureaux sans travail et ces boudoirs sans personne pour bouder... Je regarde le Shah à côté de moi, qui a fermé les yeux pour pouvoir mieux se lire à travers les notes de Mozart. En somme c'est en lui que j'ai le plus confiance dans ce pays. C'est fou ce qu'il peut être pathétique dans son costume gris; qui pourrait croire que cette grande carcasse d'homme renferme tant de féminité! Même ce physique ingrat est émouvant, avec ou sans Mozart. Ce nez à la forme de menhir, cette bouche trop fine avec cette mince cicatrice aux bords des lèvres... Mon regard doit faire du bruit car il se réveille. Avec la délicatesse d'un collectionneur, il me caresse le visage comme si c'était une figurine de verre qui pouvait se briser. Il me dit qu'il s'amuse à remplacer chaque instrument de musique par des personnages et imagine leurs histoires au fil des notes. Je ferme les yeux. Il est piano et je suis une flûte. *Do-ré-mi-fa-sol-la-si-do* : il m'a soulevée dans ses bras et m'allonge sur l'immense tapis rose en faisant glisser ma robe en trois accords. *Si-la-sol-fa-mi-ré-do* : je suis nue sous ses mains de virtuose qui pianotent un adagio affectuoso en remontant le long de mes jambes. Une mélodie grave et légère résonne en crescendo au fond de ma gorge et j'apprends le verbe être par corps. Un monde merveilleux s'ouvre alors à moi où j'ai l'impression de pouvoir mentir dans la légalité. Si je suis capable d'écouter une centaine de fois le même morceau sans entendre la même musique, pourquoi pas en amour? J'aurais continué à jouer cette symphonie pour caresses pendant des heures si le disque ne s'était enrayé. J'ouvre les yeux et j'attends le mot FIN, en m'imaginant que j'aurai beaucoup d'enfants, je suis comme ça! J'ai trop regardé la télévision quand j'étais petite. Pourtant comme dans mon rêve le

Shah est sagement assis sur son canapé et me sourit... Mozart s'est foutu de moi. Je me lève pour arrêter le disque et le silence reprend sa place. Un mal au corps me monte au cœur, je ne sais plus comment jouer de mes bras, de mes mains, de mes jambes. Et j'ai beau faire disparaître mes ongles rongés dans les poches de ma robe, cela ne sert à rien : mes yeux tombent en panne d'électricité. Je n'arrive même plus à gazouiller quelques formules de politesse, tout à coup ma voix s'arrête... Et je deviens sourde-muette. Ce qu'il y a de miraculeux, c'est que justement l'homme qui est assis à côté de moi est aveugle. Il me voit comme la plus belle, m'écoute comme la plus intelligente et me sent comme la plus parfumée. Sans un mot, sans une note, il m'entraîne avec l'émotion des grands sentiments vers une porte qui s'ouvre sur une pièce plongée dans l'obscurité. La chambre où nous sommes me fait penser à une chapelle, à cause des rayons du soleil qui découpent sur ses murs des bas-reliefs, et son lit sans coussins, sans oreillers, comme un autel. Prions pour qu'il aime mes hanches de Sicilienne, mes bras trop maigres, mes épaules de chameau et mon odeur de milk-shake!... Prions pour qu'il ne me fasse pas remplir un questionnaire avant : « Mademoiselle s'il vous plaît! Vous aimez les sexes en point d'exclamation, en allumette ou en andouillette? » J'ai horreur des hommes qui s'occupent trop de moi, ça m'agace, j'ai l'impression qu'ils cherchent mon mode d'emploi. J'aime me sentir dévorée, absorbée, manipulée comme un jouet. Les hommes domestiques cela me fait pitié et la pitié et les femmes... J'ai si peur de voir l'homme que j'aime se débattre avec ses chaussures et ses chaussettes, que je glisse sous les couvertures et remonte les draps en tchador sur mon visage. Non, non, ne vous inquiétez pas je ne peux tomber enceinte : j'ai gardé ma petite culotte!

Le désir c'est un mirage qui disparaît lorsqu'on s'en approche... Pourtant dans son mouvement pour m'embrasser, son visage se fait si grand, son regard reflète tant d'amour que soudain j'ai envie d'y rentrer. Mes yeux sont deux éventails qui s'ouvrent et se ferment sur chacun de ses baisers. Il me parle, sa voix chaude glisse entre mes cuisses et remonte jusqu'à mes oreilles, mais déjà je ne l'écoute plus. Mes jambes sont des bras qui se tendent en s'enlaçant tout autour de sa taille et mon corps, un désert brûlant où il s'enfonce lentement. Il marche délicieusement en moi en me faisant éclore toutes sortes de fleurs étranges, et sa main contourne les montagnes lisses de mes seins puis redescend vers leurs vallées. Tout à coup, j'ai envie de fuir, de rester, de crier, de me taire, de tout... et puis de plus rien, de mourir comme ça, à l'infini, creuse et transparente, anéantie sous lui, dans le sable. Je regarde son costume gris traîner par terre avec ma robe et je suis heureuse. Dans la nuit son regard brille et puis s'éteint. Pendant une seconde j'ai envie de le réveiller, un peu surprise qu'il m'oublie si vite dans son sommeil, mais j'aime trop cette solitude qui souffle comme un vent chaud sur ma nuque.

Un rayon de soleil qui glisse à travers les rideaux

allume ses prunelles. Quelle heure est-il ? Vite ! Il veut que je l'accompagne jusqu'à sa voiture.

C'est sa manière à lui de montrer aux autres qu'il est content de moi et aujourd'hui il est content de moi, je le sais, il me l'a dit ! Pourtant quand il demande aux Dupont-Dupond de m'acheter un piano et qu'il s'en va sans me dire quand on va se revoir, je suis folle. Mais pour qui se prend-il celui-là ? Il croit peut-être que je vais l'attendre en faisant du piano ? Vous allez voir que je vais vous enfermer tout ça dans mon cartable vite fait bien fait...

Ce matin, le piano est arrivé, c'est un magnifique Steinway noir aux belles dents blanches, qui ressemble à un chat pendant sa sieste. Dommage que je ne sache pas en jouer... Tant pis, je m'en servirai pour poser mes boîtes de kleenex! Pourtant je leur ai dit et redit : « C'était Clara la blonde, la pianiste de la famille; moi, je faisais de la danse à la salle Pleyel! » ... Évidemment la salle Pleyel, c'est plus dur à transporter.

Je ne tiens plus en place, encore une demi-heure à attendre... Je m'explique : ce soir je suis invitée officiellement avec sa majesté dans le palais d'été du prince. Enfin, dans l'intimité serait plus exact, nous serons quatre : le prince, sa femme, Friflo et moi. Je suis déjà morte de trac et j'ai téléphoné à Gérard pour lui demander : de quoi parle-t-on au Shah d'Iran quand on dîne avec lui? Sa réponse a été catégorique : on ne parle pas, on sourit. Mais pour plus de sécurité il a vérifié dans « Vous et votre avenir » le signe du Shah,

Scorpion : n'abusez pas du jogging, quelques problèmes respiratoires; Vénus vous sourira dans la soirée. A l'heure qu'il est tout le parking doit savoir que Marie et son mage dînent chez le Shah d'Iran, et une fois de plus tout le monde prendra Gérard pour un mytho.

Cet après-midi, j'ai fait du lèche-vitrines au bazar de Safavieh afin de dénicher quelque chose de joli à me mettre ce soir. Seule la simplicité pouvait faire concurrence aux robes « haute couture » de la princesse. Mais je me sentais moche dans tout ce que j'essayais : « Une belle-mère qui va au mariage de son fils! » A six heures je désespérais, quand tout à coup j'aperçus chez « Céline », la boutique chic de Téhéran, une robe qui, une fois sur moi, m'alla comme un gant. Et une robe qui va comme un gant...

Sept heures! Enfin! Quand je monte dans la Rolls des Fardoust l'adolescente de dix-sept ans a complètement disparu, elle est devenue une belle inconnue que j'observe avec admiration : 100 % femme fatale, aux yeux qui en ont vu d'autres, au teint délicat et aux mains blanches (j'ai mis de la poudre). Cendrillon version Marlène Dietrich, *tout en black, légère et court vêtue,* arrive à sept heures vingt devant le palais d'été du vieux prince. Quatre pingoins, en smoking du dimanche, ouvrent les grilles d'un parc à l'anglaise où le service d'ordre a pris la place des grillons et chante dans des talkie-walkies au moindre moustique à la mine suspecte. Vu de loin, le palais ressemble à une pièce montée d'un gâteau de mariage. Il fait encore jour, et quelques bouts de barbe-à-papa traînent dans un ciel clair. J'aime ces cieux naïfs et rassurants, ces cieux de mon enfance, cela me rappelle Clara devant son cageot de pommes à Cabourg, avec son écriteau « LA MAISON NE FAIT PAS DE CRÉDIT »; on jouait à la marchande : « Et pour vous madame qu'est-ce que ça sera? – Un kilo de cerises à marquer sur mon compte! – Ça n'est vraiment pas drôle Mimi! »

Quand Ali m'ouvre la porte, la magie continue d'opérer, je suis au palais de dame Tartine. Le sol en dalles blanches et noires me donne l'impression de marcher sur des carrés de réglisse-menthe; les murs ont les tons pastel des boules de coco, l'or des moulures s'est changé en sucre d'orge et la table de mosaïque qui trône au milieu de la pièce semble incrustée de toutes les couleurs. Des lustres en gélatine transparente dégouline une lumière mauve qui me donne l'illusion, dans ma robe noire, d'être un morceau de Zan qui traîne au fond d'un bocal de confiserie. Soudain, une grosse fraise roule jusqu'à moi, c'est Sépideh engoncée dans une robe de soie sauvage rouge; elle est suivie d'un garçon pâtissier, que je reconnais pour le prince en smoking blanc.

Le champagne se met à couler, les sourires, les compliments sur mon bout de zan. Et dès que le vieux monsieur a le dos tourné, la princesse me bombarde de questions :

« Alors?

– Alors quoi?

– Tu as fait l'amour avec lui? C'était comment?

– Regarde dans le dictionnaire, page treize!

– Qu'est-ce que vous racontez? demande le vieux prince dans un brusque accès de lucidité.

– Rien, Marie était en train de me donner une recette pour maigrir!

– Comment?

– *Je disais :* **Marie était en train de me donner une recette pour maigrir!**

– C'est ridicule! Vous êtes toute maigrichonne! Sa majesté aime les femmes... » D'un geste de la main, il dessine sur son corps de vieillard un Renoir, puis se dirige avec lenteur vers le jardin pour guetter la voiture du Shah. Le Shah arrive au moment où je m'y attends le moins; je suis vautrée sur un canapé, la cigarette au bout des doigts en train de penser à *autre chose, quelque chose, la chose.* En quelques secondes, je rejoins mes amis pour esquisser une courbette qui ne veut rien dire. Si ma révérence désespère Sépideh, elle met en joie le Shah, et je me demande même s'il ne fait pas exprès de me baiser la main pour la faire taire. Puis il m'entraîne au salon et le badinage commence dans la bonne humeur avec des considérations météorologiques, sur le temps qu'il fait, le temps qu'il va faire ou le temps qu'il a fait... Les Fardoust sont un public idéal qui renvoie l'écho de tout ce que nous disons au quart de seconde près. Quel ennui! La seule chose qui m'amuse c'est de le vouvoyer. J'ai l'impression de mener une double vie avec deux hommes différents, l'une serait avec le Shah : mon mari, et l'autre avec Friflo : mon amant; finalement, ça sert d'avoir regardé la télé dans la vie! Sépideh se tient sur son fauteuil comme la directrice d'un orphelinat et cherche à glisser son grain de sel dans la conversation mais il se fond vite dans les regards de glace à la vanille que me lance Friflo en douce du Shah. Le prince? Franchi le stade des deux phrases, il devient amnésique et regarde sa femme d'un air endormi pour qu'elle lui souffle la fin de sa phrase. J'aime bien ce vieux monsieur, coiffé toujours à la « j'ai dormi là », avec son smoking blanc où l'on peut déjà lire le menu du dîner de ce soir. C'est un tendre! Un cosmonaute! D'ailleurs c'est la seule personne qui parle au Shah avec naturel, comme un grand frère.

Au moment où nous passons dans la salle à manger, j'aperçois deux couverts dressés sur une table ronde... C'est bizarre, je ne sais plus compter? Ou les femmes dînent-elles à la cuisine en Iran? Le Shah me fait signe de m'asseoir à ses côtés, tandis que le prince et sa femme disparaissent derrière la porte. Aussitôt tous les Shah s'envole et Friflo me chuchote : « Alors, ça va Mimi? » Mimi n'a pas le temps de répondre car on frappe et la princesse entre avec un plat d'argent, suivie de son mari, une bouteille de vin à la main. La tête haute, le regard absent, les Fardoust passent les plats comme s'ils avaient fait ça toute leur vie, sans commentaire, en faisant semblant de ne pas nous écouter. C'est du Marivaux! Le monde à l'envers : la princesse joue les soubrettes et moi je joue les princesses. Dès que nous sommes seuls, nous n'arrêtons pas de blaguer à voix basse comme des enfants qui auraient peur de se faire surprendre par leurs parents. Friflo rit pour un oui ou pour un non, il a l'air tellement heureux qu'on pourrait croire qu'il est tombé dans une marmite de potion magique quand il était petit.

Les parents réapparaissent et je reprends mon masque de grande personne en parlant de la soi-disant exposition bidon que j'ai vue à Paris, de la dernière gaffe de Giscard, des succès de Jacques Martin à la télé... Enfin, de choses que je connais... Me taire est un luxe que je n'ai jamais pu m'offrir. A la fin du dîner, les Fardoust laissent leurs tabliers à la cuisine et remettent leurs diadèmes, puis nous allons prendre le café dans un boudoir aménagé pour la circonstance. Le Shah qui, avec son régime mannequin, a trop peur de ne pas dormir, prend un canard dans ma tasse, puis s'en va en me laissant toute seule pour répondre aux questions des Fardoust qui ont organisé une conférence de presse pour savoir si sa majesté avait aimé les haricots verts.

Les jours passent... Et le Shah aussi, tous les jours, pour le café qu'il ne boit jamais. L'avenir que j'ai ou non avec lui reste un point obscur dont il garde le secret. Dès que je parle de mon départ pour la France, dans son for intérieur il semble en état de guerre civile. J'ai bien essayé de savoir ce qu'il en pensait, mais sans succès. De toute manière les rendez-vous qui monopolisent un business de dix personnes, je m'imagine mal les supportant encore longtemps... Pourtant vivre dans ce paradoxe me rend tous les jours un peu plus amoureuse, allô Sigmund? En attendant ma communication avec Vienne, j'ai décidé de quitter l'Iran la semaine prochaine, dernier délai avant que ma mère ne me fasse rechercher par la police, si ce n'est pas déjà fait! Quand j'en ai parlé à Sépideh tout à l'heure, la seule chose qu'elle a trouvée à me dire c'est :

« Marie chérie, je vais t'emmener cet après-midi chez ma voyante! »

Le cabriolet gris métallisé traverse à toute allure un bidonville dont les toits de tôle de toutes les couleurs font penser à ces couvertures anglaises en patchwork. Tous les clichés d'un documentaire de l'Unesco sur la faim dans le monde défilent devant mes yeux. Des infirmes maquillés en infirmes, des enfants déguisés en « sans-famille » des mendiants jouant aux pauvres, ils sont tous les figurants d'une superproduction dont la princesse, qui marche la tête haute, se prend pour la vedette. Tandis que je la suis à la traîne, honteuse et bouleversée par le spectacle pitoyable de ces baraquements, Sépideh traverse toute cette pauvreté comme un cygne voguerait sur un océan de boue sans jamais se salir. Cachée sous ses ailes, je l'observe qui d'un geste nerveux chasse les enfants comme des mouches. Mais ceux-ci reviennent à la charge et nous montrent du doigt en formant un essaim tout autour de la voiture. Au bout d'une ruelle déserte, nous arrivons sur le seuil d'une cabane en tôle, d'où s'échappe d'un transistor une voix poussiéreuse qui déraille dans les aigus. Une femme d'une soixantaine d'années s'incline avec humilité en nous faisant signe de la suivre à l'intérieur. L'endroit où elle survit lui fait office de salle de bains, cuisine, chambre à coucher, WC, sans avoir à payer le gaz et l'électricité ni les étrennes de la concierge! Pourquoi donc toutes les voyantes sont-elles si pauvres? L'avenir n'appartient-il qu'aux pauvres?

Un miroir ébréché, une cuvette, on se croirait au musée de la pitié avec ces vieilles couvertures de magazines français, punaisées au mur... Des donations de la princesse, j'imagine! La voyante est une caricature de la diseuse de bonne aventure. Elle porte un regard fataliste plus habitué à voir la vie en noir qu'en rose, sur un visage goudronné par la petite vérole; le tout est couronné d'une longue chevelure fine, ressemblant à de la mousse de caviar, domptée en natte et remontée tout autour de sa tête. Ses yeux noirs à facettes d'insecte me dévisagent avec une lueur qui a perdu toute spontanéité. Pas de tarots, ni de boule de cristal, ni de cartes du ciel chez la « *Je vois tout* », seuls deux tasses de café et un récipient en cuivre sont posés sur une toile cirée aux traces d'éponge fraîches. Je m'assois derrière la table sur un tabouret à trois pieds, en face d'un portrait du Shah, qui me regarde droit dans le blanc de l'œuf... BRR! Dire que c'est le même homme! C'est bizarre de le retrouver là, découpé maladroitement dans un journal et posé dans ce cadre doré dont le luxe jure avec la pauvreté des lieux. Comment la princesse a-t-elle fait la connaissance de cette sorcière de bande dessinée? Mystère! Lorsque j'ai fini de boire mon café, je retourne ma tasse pour faire couler le reste sur une soucoupe. Puis, il n'y a plus un geste, plus un mot; seul le bourdonnement d'une grosse mouche vient couvrir la respiration bruyante des deux femmes, immobiles, transformées en statues. Le nez collé à l'assiette, les yeux brillants d'émotion, elles inspectent les voies du destin tracées dans la boue brunâtre du marc de café, avec une science qui m'exclut de la partie. Après un long silence qui n'envisage rien de bon pour l'avenir de l'homme,

Mme Irma se racle le fond de la gorge et s'adresse à Sépideh qui me traduit aussitôt :

« Tu es un joli papillon lancé dans la nature qui se refuse à butiner aux roses de la vie... »

La princesse s'arrête net de traduire les voyances de la madame pour l'écouter avec attention. A la manière monocorde dont elle monologue, comme si elle lisait le bottin, je suis pessimiste; et j'ai beau couper les papillons en quatre et chercher les roses de la vie, je ne vois pas ce qu'elle veut dire.

« Des circonstances douloureuses de ta vie expliquent ta difficulté à vivre ton rôle d'épouse et d'amante avec un homme, il te faut choisir... Et tu devras faire attention à ta faiblesse pour le plaisir... »

L'œil de la voyante, qui brille comme une enseigne lumineuse de fête foraine, me fixe au rayon laser pour vérifier les effets de sa prophétie. Je prends la mine de celle qui n'en revient pas de ce qu'on lui raconte, quand brusquement mon amie me déclare avec un clin d'œil complice :

« Tu vas rencontrer un homme plus âgé que toi... Qui voyage beaucoup... Il arrivera à un moment décisif de ta vie... Et il sera très positif pour toi, si tu es assez intelligente pour le reconnaître. »

Le regard de la *Je vois tout,* en se posant sur la photo du Shah, sème des flèches sur son passage, et sa complice me jette un clin d'œil du genre « comment a-t-elle deviné? » en enchaînant sur mes problèmes de santé qui n'intéressent que ma mère. Lorsque je veux savoir combien de temps durera mon aventure avec l'homme plus âgé, la voyante, qui manifestement n'aime pas qu'on lui demande ce genre de détails, rassemble toutes ses forces dans un large soupir. Soupir qui veut tout dire selon la princesse mais qui à moi ne me dit rien. Comme j'insiste, elle prend son grand air défoncé en explorant l'assiette et relève la tête victorieusement :

« Tu resteras avec lui un bon bout de temps.... »

J'apprends ensuite que mon avenir me réserve une amitié solide avec une femme un peu plus âgée que moi, sur qui je pourrai compter; puis elle conclut ses voyances par une phrase de haute portée philosophique :

« La chance sera de ton côté, si tu sais voir où est la chance! »

La princesse glisse une pièce d'or dans la poche de tablier toute déchirée de la *Je vois rien mais je sais tout*, puis nous repartons vers la voiture. Sur le chemin du retour mon amie est impressionnée par la justesse des visions de sa psy et n'arrête pas de faire des projets sur mon avenir, tandis que je me promets de me contenter dorénavant de l'astro-flash des Champs-Élysées pour répondre à mes questions métaphysiques.

De retour au palais, une surprise m'attend dans ma chambre, m'annonce M. Solie avec un petit sourire mystérieux au coin des lèvres. Ça y est c'est **lui!** je le *sais*, je le *sens*, il est venu pour me dire bonsoir avant le dîner!

Je grimpe l'escalier comme une fusée, ouvre la porte en manquant de garder la poignée dans la main... Personne! C'est un mirage.

Sur mon lit, il y a une caisse d'Air France. Mais qu'est-ce que c'est? Je m'approche de la chose... MIAOU! miaou!...??? Oh, non! Ça n'est pas un chat tout de même? Quand j'ouvre la boîte et que je vois débarquer une grosse boule rousse je n'en crois pas mes yeux, le minet ressemble comme deux Doleimani à celui de mon rêve. Pourtant je suis déçue, j'avais demandé un persan bleu et on m'apporte un chat de gouttière. Il ne faut pas espionner les rêves des autres, monsieur Solie, ça n'est pas gentil! Celui-ci m'explique que comme les persans n'existent pas en Perse, il a dû en faire venir un d'Europe... Restons simples!

A peine sorti de sa boîte, l'horrible matou orange fonce droit sur le radiateur pour se chauffer le bout des fesses et entonne un paisible ronron en honnête *arrière-arrière-arrière-arrière* petit chat de concierge. Je le baptise Shahinshah, mais à la mine d'enzymes gloutons des 007, je finis par l'appeler Poil de Carotte. J'avance timidement une main pour faire copain-copain, lorsqu'il me lance un KHSSSS féroce en gonflant ses joues, et d'un coup de griffes étincelant me déchire le bras avant de s'échapper par la fenêtre. Aussitôt tous les domestiques du palais sont appelés sous les drapeaux pour partir à sa poursuite, tandis que M. Solie se précipite sur moi avec une trousse de secours. Et très vite ma chambre se transforme en hôpital : télé, plateau de dîner, visites, il ne manque plus que les fleurs! Aux informations il y a un reportage montrant le Shah en pèlerinage à la mosquée machin-truc. Tiens il ne m'en a pas parlé! On le voit roulant dans une voiture à travers la foule qui l'acclame sur son passage. Et dire qu'un chauffeur de taxi à Paris me disait qu'il était détesté par son peuple, quel... Pourtant c'est vrai qu'en y regardant de plus près, je m'aperçois qu'il n'y a pas beaucoup de jeunes dans ses admirateurs! Il n'y a que des femmes, des enfants et des vieillards... Pourquoi cultive-t-on ce narcissisme autour de sa personne? Pourquoi a-t-il besoin de tout ce faste d'empereur d'opérette, alors qu'il ne rêve que de devenir une petite souris? Peut-être que les Iraniens ont besoin de symboles pour fonctionner... peut-être. Docteur Shah ou mister Friflo? Je n'ai plus faim... Tiens, voilà mon gros matou qui fait son apparition dans ma chambre en ronronnant dans les graves! Ma joie de le revoir dure le temps de sentir l'épouvantable odeur de pipi qui empeste dans la pièce. La guerre froide est déclarée. Plus froide pour lui que pour moi d'ailleurs! Du radiateur, je l'envoie en exil sur le carrelage de la salle de bains, où notre rebelle se lance dans un récital castafiorien.

Le lendemain, je passe l'éponge sur ses débuts dans l'opéra et nous flânons toute la matinée en écoutant le seul disque de variétés français que les Doleimani ont réussi à trouver dans Téhéran. La belle voix chaude de Léo Ferré envahit toutes les pièces du palais de sa rage d'anarchiste. Le chat, qui ne décollerait pas un de ses poils du radiateur pour toutes les plus belles souris du monde, pointe l'oreille avec nostalgie des gouttières dont on l'a arraché; tandis qu'allongée sur un tapis, les bras en croix, encore en chemise de nuit, je cherche dans les fresques du plafond mes amis du parking. Puis l'après-midi se passe, calme, vide et ensoleillé, à lézarder au bord de la piscine jusqu'au dîner où « Poil » qui a la diarrhée à cause du toast au caviar des 007, s'hospitalise en urgence aux cuisines, où il trouve la chaleur des fourneaux plus hygiénique pour sa santé.

Le lendemain à l'aube, nous partons en expédition : le Shah ne pouvant pas me voir demain, il a demandé aux deux pots de colle officiels de m'emmener passer quelques jours sur la mer Caspienne. A la demande des 007, Poil ne fera pas partie du voyage, de toute façon mon matou s'en fout, il vient de découvrir les plaisirs de la manucure et se lime les griffes avec amour sur le somptueux tapis rose du bureau de M. Solie.

Vers midi, après plus de quatre heures de voyage, nous atteignons Ramisav, la ville de la Riviéra, réputée pour ses bains de boue et sa jeunesse dorée qui fait la « dolce vita » dans de luxueuses villas de bord de mer. Paradis dont on se garde bien de m'ouvrir les portes. Je me retrouve enfermée pendant quatre jours dans un « guest house » de la famille impériale qui est un pavillon de style nordique aux grandes baies vitrées, entourée d'un immense gazon tondu à ras, qui fait très *j'habite sur un terrain de golf.* Quatre jours, où tous les matins je vais me balader sur une plage d'herbes sauvages où des fils de fer barbelés et des blockhaus en béton, signalent aux touristes qu'à quelques kilomètres de là, de l'autre côté de la mer, il y a les méchants schtroumpfs rouges. Quatre jours où tous les après-midi, les 007 se font un devoir de m'apprendre l'art de tailler les rosiers, chose qui m'est particulièrement utile, étant donné qu'à Paris j'ai un cactus. On me pousse vers l'enfance en me déresponsabilisant de tout ?

Quand en plus j'emprunte le sécateur des 007 pour découper dans le journal la photo du Shah, j'ai franchi une marche fatale vers la régression infantile. Je me demande si mon imagination n'a pas tissé une immense toile d'araignée tout autour de moi dans laquelle je me prends le pied à chaque fois que je tombe amoureuse. Même si je sais très bien que les hommes ne sont que des inventions des mères pour faire avaler leurs épinards à leurs filles, je suis intoxiquée. Dommage? Il suffit d'aimer les épinards! Question de goût! Et puis garde du cœur, ça me plaît comme métier.

Mais assez fait de littérature en acrylique et revenons à nos moutons qui sont déjà dans la voiture sur le chemin du retour. Des mètres et des mètres de plantations de thé et de rizières glissent sur le bord de ma fenêtre comme de longs rubans de velours de carnaval. C'est le printemps, le soleil en souriant met un peu de rose dans tout ce vert et la nature s'enflamme, on se croirait dans la campagne florentine et tout à coup une grande civilisation resurgit au milieu d'un champ de canne à sucre. Nous roulons sur la vieille route parce que Doleimani tient à me faire visiter le palais de la sœur aînée de *qui vous savez*, pendant qu'elle est encore en Europe. Il a un ami qui travaille là-bas et il pense que moyennant un petit bakchich, nous ne devrions pas avoir de problèmes pour pénétrer à l'intérieur. La princesse Chams? C'est celle qui s'est fait construire une église dans son jardin, celle qui s'est convertie au catholicisme à cause d'un Italien « l'excentrique de la famille » m'a-t-on dit. On m'a aussi raconté qu'elle a une baignoire en cristal et trois maris; mais On dit tellement de choses... A cinquante kilomètres de Téhéran, la voiture s'engage sur un chemin bordé de peupliers, qui serpente à travers des marécages séchés, des vergers de pommes et de poires, l'exploitation fruitière que dirige la princesse Chams.

Puis nous stoppons face à une magnifique porte qui s'ouvre comme deux ailes d'oiseaux sur un jardin à la française; où des jets d'eau arrosent en permanence des pelouses aux formes géométriques. Un homme, l'ami de Doleimani sans doute, se précipite vers nous en nous faisant signe de le suivre à l'ombre d'une allée de sapins aux morphologies bizarres. Quand tout à coup j'aperçois, débouchant d'un massif de roses une multitude de nurses en laisse promenées par des chiens, les meilleurs amis de Chams. Je me précipite aussitôt vers la voiture pour attendre que l'armée de toutous soit passée, mais l'homme me rattrape par la manche en riant : « They are very gentle, don't worry! don't worry! »

– « Don't worry! Don't worry! » Facile à dire!

– Sorry?

– I said : « don't worry! » easy to say!

– What?

– Nothing, nothing... »

En haut d'une colline, une immense coquille d'escargot en pierres roses et en cuivre, s'élève en colimaçon dans le ciel. Pendant un moment je reste interdite, en bredouillant toujours la même chose *C'est fou! complètement fou!* comme si les mots pouvaient me désenvoûter de la magie du palais. A l'intérieur, un long couloir sans portes monte en spirale jusqu'au toit, dont on dit qu'il est en or. Au premier étage, un salon en marbre blanc est envahi par des plantes vertes et des petits ruisseaux qui courent dans tous les sens. Un niveau plus bas, une piscine chauffée d'au moins cinquante mètres carrés fait face à une immense véranda qui donne sur un lac. Un lac où l'on élève des truites, m'explique Doleimani en m'entraînant précipitamment vers la sortie. Notre guide a si peur de se faire surprendre par le superintendant de Chams, que déjà nous revoilà sous l'allée de sapins. A quelques mètres de la voiture, j'aperçois une espèce de tout petit kiosque rond avec un toit pointu en cuivre, qui a la même architecture que l'escargot... Mais qu'est-ce que c'est? 007 a l'air embarrassé pour me répondre : « Une église selon la rumeur... Construite par les architectes italiens du palais. » J'éclate de rire : « Ça? Une église? Pourquoi pas une cathédrale! Il n'y a même pas la place de s'agenouiller, dites plutôt un confessionnal! » Je n'insiste pas davantage, Doleimani n'a vraiment pas l'air d'apprécier que cette princesse se soit fait bâtir une église à la place d'une mosquée... Tiens! tiens! serait-il religieux lui aussi?

Lorsque nous regagnons Téhéran, la nuit est tombée. Je suis folle de joie de retrouver mon gros chat rouge, que le banquier, pour sauver ses tapis, a dû enfermer dans la cabane du jardinier. D'ailleurs celui-ci a très mauvaise mine... Non! Pas le chat : M. Solie! Il vient de frapper à ma porte et me demande s'il peut me parler quelques instants. D'une voix grave que je ne lui connais pas il me supplie d'intercéder auprès de sa majesté pour qu'il puisse partir en Suisse la semaine prochaine. Il n'y a plus une trace d'orgueil sur ce visage nettoyé et refait à neuf en apôtre qui demande l'aumône avec un humanisme qu'il cachait bien avant. Soudain je tremble comme un cerf-volant; je ne sais pas si c'est à cause de ce pouvoir qu'il m'offre sur un plateau d'argent comme un cadeau empoisonné, ou parce qu'il me fait pitié.

« C'est promis, j'en parlerai à sa majesté demain... »

La sécurité de Niavaran demande le moteur et annonce : « Arrivée du Shah », première, CLAP. Tous les acteurs sont à leurs marques sur le perron. Quand, soudain, la grosse boule rousse que tout le monde a oubliée déboule d'on ne sait où à la vitesse d'un TGV, pour se réfugier sous le canapé où va s'asseoir l'empereur. Poil n'a réussi à trouver que cette bouche de chaleur dans tout le palais pour faire sa sieste. COUPEZ ! L'alerte générale est donnée et les deux jumeaux plus scouts que jamais accourent en quatrième vitesse au salon bleu. Pas un petit four, ni une goutte de champagne, ne réussit à faire revenir à la raison notre cabot qui leur ronronne du Feydeau au nez. Soudain un bruit de voiture fait détaler les deux Doleimani qui regagnent leurs places, le visage en sueur, le costume froissé, et des pétitions couvertes de signatures de Poil de Carotte à la place des mains. Profitant de la panique générale, le chat escalade les rideaux en chantoung où il reste suspendu à trois mètres du sol, comme un gros escargot sur un mur de pierre. Difficile de garder son grand air de Schéhérazade dans un tel cirque! Lorsque le Shahinshah entre et trouve celle-ci écroulée de rire, qui lui déclare qu'il y a un chat de trop dans la pièce... Poil de Carotte pouvait compter ses jours. Impossible d'oublier la vilaine tache rousse qui jure avec le bleu du salon, ce sont des fous rires sans fin. Nous lui parlons en français, en anglais, en persan, en concierge, sans succès. Poil fait la sourde oreille et Friflo a beau secouer les rideaux dans tous les sens, rien n'y fait. Étant la mère adoptive de l'animal, donc la seule responsable, le Shah me confie une mission de confiance : aller chercher du renfort. Mais les 007 arrivent trop tard aux portes du salon. Leo Ferré est monté à la tête du dangereux terroriste, qui déchirant sur son passage les rideaux, se réfugie sur le radiateur de la salle à manger. Aussitôt le pseudo-ministre, qui n'a pas encore montré son patriotisme dans cette affaire, et qui voit là l'occasion unique de gagner la croix de guerre, se précipite pour refermer les portes de la pièce afin d'immobiliser la bête. Quand je remonte au salon, il n'y a plus personne mon Shah a disparu, lui aussi. Je cherche dans le vestibule, la chambre d'amour, la salle de bains, le boudoir, *personne! personne! personne! personne!*

Alors je mets un disque des Rolling Stones et m'installe dans un coin pour faire une réussite. Quelques instants après, le Shah entre, et sans un regard dans ma direction va s'asseoir comme un somnambule sur le divan. Silence! silence! silence! Seules les pierres qui roulent font vibrer les cristaux des lustres sur nos têtes... *I can't get no satisfaction, but I know, I know...* Moi, je *know* pas du tout le little rock and roll qu'il se fait dans la tête, Micky!

« Quelque chose de grave?... »

Au bout d'un moment, je comprends que la maladie qui le ronge est le communisme. Il vient d'être informé que des semeurs de troubles envoyés par l'étranger ont pénétré en Iran pour faire de l'intoxication marxiste dans les universités. Ah bon! Ça n'est que ça! Je le rassure en lui disant que c'est partout pareil et puis le communisme ce n'est pas un péché mortel! Il me regarde maintenant comme si le ciel m'était tombé sur la tête. Je le sens si dépassé par la situation, que moi aussi je commence à avoir peur et *je cherche, je cherche, je cherche* le code postal du Petit Jésus, pendant qu'il monologue d'une voix étouffée sur « Ces fous qui veulent manipuler la foi religieuse du peuple ». Heureusement, on frappe, il s'excuse et va rejoindre M. Solie dans la pièce à côté. La politique ça m'ennuie encore plus que le football... C'est fou le décalage qu'il y a entre la réputation de Richard III faite par les chauffeurs de taxi, et ce qu'il est vraiment : le prince Muichkine de *L'Idiot*. Je suis sûre que si Laurence Olivier jouait le Shah d'Iran, tout le monde se précipiterait avec son porte-monnaie au théâtre pour l'applaudir. « *Clap clap clap*! Quel acteur émouvant, vous ne trouvez pas? » Toutes les femmes repartiraient, persuadées que si elles avaient été Lady Anne, les choses se seraient passées autrement. Moi, c'est tout le contraire, j'ai envie de le protéger pour qu'il ne change pas. Mais c'est si difficile, son image s'est dédoublée, envolée et lui a échappé. Il cherche son négatif, et comme il ne le trouve plus, il court après une copie.

C'est à ce moment-là qu'il me bouleverse le plus. Du courage? Le prince Muichkine en a beaucoup, mais de l'orgueil un peu plus, de la solitude aussi.

Zut! j'ai raté ma réussite... ça m'énerve, je ne l'ai jamais gagnée celle-là, c'est la dixième fois que je la refais de la journée...CHUTTTT! Le voilà qui revient... il a l'air encore plus triste que tout à l'heure avec une étrange émotion sous-cutanée sur son visage, qui durcit tous ses traits. *Deux avions de l'armée se sont écrasés pendant l'entraînement.* Décidément c'est mon jour! Bizarrement, je préfère le voir soucieux, se remémorant l'accident en plissant les yeux d'horreur, que mélancolique; au moins il est dans l'action. J'entoure mes bras en cache-col autour de son cou et *serre, serre, serre*, jusqu'à ce qu'il étouffe un rire en forme de soupir. Et c'est déjà l'heure, dommage. A demain! *A demain*! Quand la porte se referme, je me rends compte que j'ai oublié de faire la commission de M. Solie et me précipite dans l'escalier pour le rattraper; il remonte. C'est d'accord le banquier pourra partir en Suisse, pourtant quand je lui dis que moi aussi je dois partir, là, il n'est plus du tout d'accord :

« Pourquoi, tu n'es pas bien ici?

– C'est ma mère qui n'est pas bien de savoir sa fille avec le révérend Moon!

– Pourquoi ne lui dis-tu pas la vérité?

– A cause du gouvernement iranien qui a la réputation d'avoir gagné le loto trop vite, ça fait peur à maman! »

Il devient blanc, se rassoit quelques instants sur le canapé, en répétant d'une voix monocorde :

« C'est de la jalousie...Les journalistes de la presse occidentale ne peuvent pas me juger avec les mêmes critères qu'en Europe! C'est encore de l'intoxication de ce père Noël en costume noir de Neauphle-le-Château ! »

Ça y est, il continue à me parler de football! C'est tout ce que ça lui fait, mon départ? Les journalistes sont vraiment sa bête noire, car aussitôt qu'il en parle son visage s'assombrit et il a un air tourmenté. A l'image de l'homme blessé vient s'ajouter celle beaucoup plus romantique de l'incompris, et quand il se lève pour partir, je me jette si fort dans ses bras qu'il en recule d'un pas ou deux.

Aujourd'hui changement de programme à la dernière minute : le rendez-vous aura lieu au palais des miroirs, m'annonce M. Solie en m'enfermant sans autre explication dans la limousine qui démarre en catimini. J'ai l'habitude, ils font ça régulièrement pour déjouer un éventuel attentat. De toute manière j'adore aller là-bas, croiser dans la rue le regard des femmes en tchadors, entendre les jérémiades des marchands ambulants qui déballent leur camelote, me couvrir le visage, traverser le tapis d'Ali... Je m'imagine que je suis enlevée par un sultan, à des kilomètres et des kilomètres de la place des Ternes, loin, très loin... Tandis que dans ce salon bleu meublé à la française, je pourrais être chez la tante-machin à boire une tasse de thé que cela serait pareil. A une heure trente-six je rejoins Friflo. Je suis en retard, il m'attend et cela me fait plaisir. Pendant une seconde j'ai l'illusion d'être une femme qui travaille, une de ces créatures américaines débordées par un emploi du temps en béton. Il n'est pas content, parce qu'il a rendez-vous avec son médecin à deux heures trente, alors nous allons vite à l'essentiel...

L'essentiel ?

Non, je ne sais pas s'il a des petites couronnes brodées sur ses caleçons.

C'est fou ce que j'ai changé en peu de temps, un corps jeune et sans rides me fait l'effet de quelque chose de barbare, de dégoûtant même; tandis qu'avant, un homme de vingt-cinq ans était déjà un vieillard pour moi... Tout est-il donc dans la tête ? Pourtant en me voyant, on comprend tout de suite que l'amour « à la je me concentre », ça n'est pas mon genre... J'ai plutôt un genre à me faire prendre sur un buffet dans une grande réception entre un petit four au caviar et un canapé de foie gras. J'aime aussi les petites bouffes au restaurant entre copains, pour rejoindre mon amant aux toilettes, en attendant mes spaghetti bolonais et puis j'aime surtout les vestiaires des Magasins Réunis, les ascenseurs, les pannes d'électricité, les abris-bus de province...

Et vous me croyez ? Décidément vous lisez tout ce qu'on vous donne à lire ! Je viens de vous recopier mot pour mot la lettre d'une lectrice qui racontait ses phantasmes dans un des journaux cochons de M. Solie. M. Solie ne lit pas que Chateaubriand, il dévore aussi tous les *Play-boy* internationaux et autres bandes dessinées du même genre. D'habitude, il prend bien soin de les ranger dans son coffre-fort avec ses chocolats, mais là, son départ en Suisse lui est monté à la tête, et il a oublié un numéro du mois de janvier sur son bureau. A moins qu'il ne l'ait fait exprès... Qui sait!

Après l'amour je ne peux pas m'empêcher de scruter l'autre sur ses expériences, un peu par orgueil, beaucoup par jalousie et passionnément par manque de confiance en moi. Friflo est un homme très occupé, me dit-il, alors il voit un paquet de femmes bonbons. Plutôt acidulés que tendres à ce que j'ai compris... Il n'a pas été capable de se souvenir d'un seul nom de toutes ces femmes. Ça fait des siècles qu'il n'a pas été amoureux; lui aussi il cherche autre chose, quelque chose, quelqu'un d'autre... Moi?

Il sourit, peut-être. Quand il est grave et sérieux comme maintenant, j'ai envie de grimper sur ses genoux et de le couvrir de baisers. Avec lui je peux tout faire, je n'ai pas à tendre des pièges à chaque détour de sourire comme aux autres, il est le piège. Il m'accepte comme je suis, inculte, maladroite et parfois pas très intelligente... J'ai même remarqué qu'il m'aime souvent plus pour mes défauts que pour mes qualités. L'intelligence pour lui chez une femme? C'est d'être femme et donc pas systématiquement intelligente...

Ça fait maintenant vingt minutes que nous déambulons tous les deux, du salon à la chambre à coucher et de la chambre à coucher au salon, comme deux perruches sur leurs perchoirs emprisonnées dans leur cage à miroirs. Friflo rêve tout haut à ma place, à ma vie, si seulement je voulais :

1) Arrêter le théâtre.

2) Ne plus habiter à Paris, ville de débauche.
3) Vivre entre l'Iran et la Suisse.
4) Ne plus revoir mes amis (sauf N et G)...

Tandis que moi je cherche désespérément tout bas comment vouloir. Il trouve que mon amour pour lui est comme une religion trop tôt déposée dans mon cœur. Écrit noir sur blanc ça fait réplique de roman photo, mais dans sa bouche c'était si beau que j'en ai les larmes aux yeux. Friflo pense trop quand il est amoureux, jusqu'à l'épuisement de sa foi en moi, il veut des preuves. Paris c'est la ville de mes amis, c'est trop compliqué pour lui, il se sent trop vieux ou pas assez jeune pour s'attacher à la légère. Alors avec toute la confiance que j'éprouve dans mon amour à ce moment-là, je prends sa tête entre mes mains et lui jure fidélité (ô Roméo! Roméo, pourquoi es-tu Roméo!). Pour la première fois de ma vie, le mot bonheur a un sens, comme si toutes les émotions de mon enfance s'étaient alliées entre elles pour éclater dans ces quelques secondes. Soudain je me sens prête à vivre des jours et des jours sur une liste d'attente pour retrouver quelques secondes comme celles-là.

« Si tu restes à Téhéran, on pourrait faire venir ta Colette... »

Il continue avec ses « Si » à me mettre dans une bouteille , mais pour moi il n'y a déjà plus de « si » : j'ai dit *oui. Oui, oui, oui,* OUI je l'aime. *Oui* j'ai passé l'âge des « je ne sais pas », à vingt-cinq ans on verra pour les « peut-être » et a trente pour les « non ». Jamais je n'aurais imaginé qu'il y eût aussi peu de différence entre le bonheur et le malheur et que la vie puisse se jouer comme au Monopoly. En un mot, j'ai acheté la Suisse, vendu mon théâtre, échangé la place des Ternes contre un palais à Téhéran, et hypothéqué mes amis pour un gros chat roux. Après je me sens bien, comme si je m'étais arrêtée directement sur la case départ sans passer par la prison. Friflo est beaucoup plus inquiet que moi de la façon dont je vais organiser mon temps; il veut me donner des professeurs de tout : anglais, persan, danse, dessin, orthographe (ça j'aime moins!) Mais nos mathématiques s'arrêtent là car il est déjà trois heures. Il me demande d'être de retour en Iran dans dix jours dernier carat, sinon je vais lui manquer. « Sois sûre de l'essentiel et ne te préoccupe plus que des détails! » me dit-il juste avant de disparaître dans mon cartable. Dix jours! Dix jours pour faire avaler le morceau de Kit et Kat à ma mère! Ah, si seulement Clara la blonde et sa bande de Petits-Suisses étaient là!

3.

Elle a quitté Poil de Carotte en villégiature sur les radiateurs du palais aux frais de la couronne et sa princesse au chaud dans les bras de son prince. Avant de partir, Doleimani lui a remis une liasse de dollars *au cas où,* qu'elle empoche sans trop faire la difficile cette fois-ci. A Orly, elle passe la douane les doigts dans le nez en chantant sous la pluie, la banque de Monopoly planquée à l'intérieur de ses baskets. Dans le taxi qui l'emmène chez elle, Mimi complote contre sa mère : « Elle veut Moon? Je vais lui donner! Le révérend a sûrement un petit cousin qui a bien tourné, et un peu moins voyant... » « Décidément mes mensonges devraient être remboursés par la sécurité sociale! » s'écrie-t-elle devant la voisine qui promène son mari sur sa chaise roulante autour du pâté de maisons. (Ça ne fait plus aucun doute, Roger! La petite Untel se drogue...) En montant l'escalier, Marie répète son texte avec le plus de naturel possible en se faisant les questions et les réponses :

Voilà maman, je vais te dire toute la vérité maintenant : tu n'étais pas loin, ce n'est pas Moon mais son cousin... (Oui, c'est bon ça! Flatter son instinct qui ne la trompe jamais, lui faire croire qu'elle avait presque deviné!) Je la vois grosse comme Beaubourg : Et qu'est-ce qu'il fait ce monsieur dans la vie? Banquier comme papa! (Beaubourg sourit.) Dans quelle banque? (non, c'est plus sûr dans l'immobilier, ça fait plus sérieux). Enfin lard ou cochon, ils sont de la même famille! Mais non, maman tu es folle? Il déteste son cousin, ça fait dix ans qu'ils ne se voient plus! dit-elle devant la concierge qui monte le courrier en roucoulant dans son tablier comme une grosse tourterelle. Marie lui lance son sourire de bonne gosse et sonne chez sa mother : DRING-DRING!

Le visage de la France catholique bien nourrie vient lui ouvrir. En un mois le Mandrax a fait du bon travail! Les cheveux blancs ont poussé sur sa tête comme les orties dans un potager. Quelque chose lui dit que sa mère sait tout, elle ne sait pas quoi, peut-être le timbre de sa voix qui touche à l'infini lorsqu'elle lui dit :

« Viens dans ma chambre, j'ai à te parler! »

La tête basse, sa fille la suit dans son temple gaullien où elle va sûrement se faire passer un savon sous l'œil de tonton Charles et de tante Yvonne, qui adorent jouer à la caméra invisible. En général, quand sa mère a à lui parler, c'est toujours mauvais signe, surtout lorsqu'elle croise ses jambes à la « Ces Dames aux Chapeaux verts » et prend son grand air de femme d'action. Tout cela déjà n'annonce rien de bon, mais quand en plus elle se racle le fond de la gorge en pointant le bout de son nez en direction du plafond, comme la girouette de l'église de Cabourg, Mimi sait que ça va barder. Sa mère la cartonne droit dans les yeux, comme si elle voulait s'assurer que c'est bien elle, sa fille, cette petite chose qui se tortille comme un scoubidou sur sa chaise. Puis elle déclare d'une voix rayée que Marie ne lui connaissait pas :

« Ton frère m'a dit toute la vérité! »

Plus sainte nitouche que Mimi à ce moment-là, c'est impossible! Immobile, les yeux fixés sur le plancher, Vinaigrette compte les lattes du parquet sous ses pieds en disant Amen à tout afin de gagner du temps. Sa tête tourne à mille à l'heure, en cherchant lequel de ses deux frères sait. Rémi? Difficile, il ne sort jamais le bout de son nez du pot d'échappement de sa mobylette, sauf pour en chercher un autre chez le garagiste. Alors Antoine? Le monsieur je sais tout avant tout le monde? Celui qui vient surtout quand on ne l'a pas sonné? Bien vu Maigret! La mère, qui a l'oreille fine, surtout quand on touche à son fils aîné, lui demande :

« Tu te demandes comment Antoine l'a su? Eh bien je vais te le dire (elle ravale un peu de salive pour pouvoir mieux le lui dire). A la radio, on a chargé ton frère d'interviewer une entremetteuse du nom de Mme Pomme... Quelque chose comme ça... Et figure-toi, nous étions si inquiets de ne pas avoir de tes nouvelles que Antoine a demandé à tout hasard à cette dame si elle avait entendu parler de sa petite sœur autour d'elle. Attends! C'est pas fini! lui dit-elle en reprenant un peu de salive pour la route : Elle lui a répondu qu'elle avait entendu parler de toi parce que depuis que tu es en Iran, elle ne pouvait plus envoyer de filles là-bas. Il paraît que le Shah d'Iran est tombé amoureux de toi! Alors mets-toi à ma place... De quoi j'ai l'air avec une fille qui est une traînée! Tu as pensé à sa femme?

– Mais... Je vais t'expliquer... Ne te mets pas en colère! bredouille sa fille avec un petit rire nerveux. Mais avant raconte-moi ce que Mme Abricot a dit à Antoine.

– Premièrement ne fais pas l'innocente, c'est Mme Pomme et pas Abricot. Deuxièmement elle a dit... Que tant que le Shah serait amoureux de toi, tu ne risquais rien... à condition bien sûr que tu ne fasses pas de bêtise! »

Sans même écouter la suite, sa fille lui saute au cou pour l'embrasser. Le Shah est jaloux, donc le Shah est amoureux! se dit-elle; ce qu'elle trouve étrange c'est de l'apprendre par la bouche de sa mère. D'un coup de baguette magique Mimi lui raconte tout. Pour sa maman, la princesse est la vilaine sorcière, les Doleimani à eux deux sont les sept nains, et sa fille est Blanche-Neige. La mère regarde le conte de fées qui se déroule devant ses yeux avec émerveillement. Pourtant elle essaie de garder son autorité de mère de traînée en mettant une certaine distance dans le ton de sa voix, mais ses questions la trahissent :

« Comment étais-tu habillée? Avais-tu dégagé ta frange et attaché tes cheveux en catogan comme j'aime? Mimi, ne lui dis jamais que je suis au courant... J'aurais l'air de la mère... Qui a l'air de... »

Depuis maintenant deux heures qu'elles sont ensembles, la mère n'a toujours pas demandé à sa fille si elle aimait cet homme.

Quand Antoine, le grand frère, rentrera de la radio... De toute la famille, c'est lui que Marie craint le plus. Elle est sa petite sœur préférée, celle sur laquelle il fait ses crocs et elle redoute sa réaction de jeune loup à qui on prend son os. Comme à son habitude, celui-ci rentre dans la chambre des De Gaulle avec son air de monsieur Sans-Gêne et lui lance d'une bouche en derrière de poule :

« Alors Mimi! Il paraît que tu es avec le Shah d'Iran!

– Moins fort, les voisins! » crie sa mère en se précipitant sur la fenêtre pour la fermer. Sans attendre de réponse, Antoine enchaîne sur ses problèmes à la radio : ce matin il a ouvert le journal en annonçant que des paysans de la région de Toulouse *auraient vu* une soucoupe volante et dans la rubrique « faits divers », l'enlèvement du baron Empain. Il ne comprend pas pourquoi son directeur l'a convoqué cet après-midi, sa mère non plus d'ailleurs. Quand ils en ont fini avec le baron Empain, Marie demande timidement à son frère ce que c'est que cette histoire de filles qu'on envoie en Iran. Celui-ci lui répond en homme qui rattache les lacets de ses Church :

« Mais bien sûr, il est connu pour se faire envoyer des putes, qu'est-ce que tu crois! »

Mimi croit tout sauf ça. Antoine s'en retourne à la radio en la laissant seule en compagnie de toutes ces filles qui jurent avec sa mère et tante Yvonne.

Le lendemain, elle débarque au parking avec une bouteille de champagne dans une main et une boîte de caviar dans l'autre. Toute la petite famille s'entasse dans le guichet de Gérard pour pique-niquer en privé. Et Marie raconte tout sur la véritable identité du mage indien. Son histoire ne produit pas l'effet escompté. Gérard sort de derrière la caisse un vieux *Jours de France* où le Shah pose en couverture, décoré de toutes ses médailles. Et Mimi a beau leur dire qu'il est bien mieux dans la vie que sur la photo; pourtant ce n'est pas le genre de Nadine... Mais c'est une question de goût personnel, se croit-elle obligée d'ajouter, au grand désespoir de Gérard qui la traite de midinette. Pour lui, c'est un homme de responsabilités, un grand homme, et puis enfin l'empereur d'Iran, ce qui n'est pas à dédaigner. Du haut de son guichet Gérard aime bien le Shah, du haut de son trône le Shah aime bien Gérard, alors c'est une affaire qui roule... En plus Marie est époustouflée : le chanteur connaît tous les noms et petits noms des princes de la famille impériale, leurs sports favoris, leurs couturiers, leurs performances amoureuses. Son préféré est le petit dernier, le plus intelligent à ce qu'on dit chez les maçons. Dans sa loge on dit aussi que le Shah serait un des grands patrons de la franc-maçonnerie.

Mais Gérard dit tellement de choses, que Marie repart du parking en se disant que Nadine a raison : Gérard va très mal. Chez elle, l'ambiance est à la détente. Sa mère la sort comme un petit caniche faire des courses afin de lui acheter quelque chose de convenable à se mettre sur le dos pour ne pas avoir l'air de... Cela ne l'empêche pas de dire à sa fille qu'elle gâche sa vie! Qu'elle évapore sa beauté! Au lieu de l'investir dans quelque chose de valable : un homme bien! La maison n'accepte pas de profession libérale, les règlements se font sur présentation d'un diplôme de l'Ena ou de Sciences Po. On voit qu'elle n'a jamais été jolie, Anne-Marie, seulement bourrée de charme! Il ne te donne rien cet homme, c'est un vampire que te suce ta jeunesse! Mimi ne va pas ouvrir un livret à la caisse d'épargne pour sa jeunesse; elle préfère étudier le monde à l'abri d'un costume gris. Mais allez expliquer ça à sa mère!

A Paris, l'argent n'a pas d'odeur. Le soir Nadine, Gérard et Marie vont jouer les touristes américains dans les plus grands restaurants en distribuant de gros pourboires à chaque sourire. Trois jours avant le départ, son agent de cinéma lui donne un rendez-vous aux studios des Buttes-Chaumont pour un feuilleton télé. La fille qu'on recherche doit être un mélange d'Agnès et de Lolita, revue et corrigé par la SFP. Mais Mimi déteste cet endroit qui lui fait penser à un hôpital avec ses couloirs sans fin et sans âme. En plus, le jeune metteur-de-merde s'exprime sans passion et sans folie; et quand il lui dit qu'elle a l'âge du rôle mais pas son expérience, Mimi claque la porte et s'en va, une fois de plus déçue. Puis le jour du départ arrive. Place de Ternes, tout le monde est prêt, on n'attend plus que la mère qui est allée chasser le loup. Chasser le loup ? C'est une expression de Mme Untel pour dire aller faire pipi. Elle a dû la lire dans un de ses livres sur Louis XIV, qui ne quitte jamais sa table de nuit. Louis XIV ! son soleil à elle comme elle dit ! La mère trompe souvent Charly avec Louis, l'autre de ses idoles, c'est une femme simple à part ça. Quand la mère et la fille font leurs tours de digue à Cabourg au mois d'août dans la maison que leur prête Bonne-Maman... Bonne-Maman ? C'est celle qui habite place Victor-Hugo, celle qui est clouée sur son lit depuis deux ans, à cause d'une sclérose en plaques mais qui trouve quand même le moyen de dire que dès qu'elle met le pied dehors, il n'y a que des noirs dans la rue. Mais revenons à Cabourg, le soir après le dîner, la mère est la Palatine et Mimi la duchesse de Maintenon... Elles peuvent improviser des heures chacune dans leurs rôles, généralement sur le dos de la duchesse de Bourgone : « Qui a épousé un mari tout tordu, *très chère* ! » Mais voilà la Palatine qui revient de la chasse au loup ! On va peut-être enfin pouvoir partir, l'avion est à trois heures ! La mère et le grand frère (au chômage depuis une semaine) accompagnent leur Schéhérazade nationale à Orly. La mère répète dix fois à sa fille de dire au Shah qu'elle aimerait beaucoup lui parler au téléphone. Dix fois sa fille lui dit oui et n'en pense pas moins. Puis vient le moment des dernières recommandations : « Tout ira bien si tu attaches tes cheveux comme j'aime ! » et je m'envole. L'occasion unique de vivre par procuration s'offrait à moi, c'était tentant...

Je suis dans l'avion. Quelle marque? Iran-Air, le service est beaucoup mieux, au moins on ne risque pas d'être pris en otage, il paraît qu'il y a toujours deux trois types de la sécurité qui font le voyage avec nous, comme sur El Al.

Devinez qui est assise à côté de moi? La princesse! Nous nous étions donné rendez-vous dans la salle d'embarquement, je ne voulais pas qu'elle rencontre maman qui la déteste, et qu'elle se prenne pour la Montespan; il n'y avait qu'un pas. Sépideh n'arrête pas d'espionner derrière mon épaule pour essayer de lire ce que je suis en train d'écrire et je suis obligée de construire un rempart avec mes bras pour me protéger de ses deux lance-flammes. Elle vient de me glisser un bout de papier sur lequel elle m'explique que la femme avec qui elle parlait tout à l'heure est la sœur jumelle de *qui vous savez.* Si j'avais su, j'aurais mieux regardé, maintenant c'est trop tard. La panthère noire occupe le siège juste en face de moi; j'aperçois une mèche de cheveux qui pendouille sur un bout de chemisier en soie moutarde et une main décorée place Vendôme qui agite de vrais-faux ongles américains sur l'accoudoir. Heureusement qu'elle a sa ceinture de sécurité car elle fait plutôt peur cette « Cruela » des Cent Un Dalmatiens. Décidément Sépideh adore jouer les postières, elle vient de me glisser un deuxième télégramme dissimulé à l'intérieur de son paquet de cigarettes :

MARIE CHÉRIE / IL NE FAUT PAS QU'ELLE SACHE TON NOM / SI L'OCCASION SE PRÉSENTE : TU ES UNE AMIE QUI VIENT VISITER L'IRAN.

La princesse se lève pour échanger des papotages de princesse avec l'autre princesse. Je les laisse dans leur coin, j'ai mieux à faire. On raconte que le prince a été arrêté en Suisse il y a deux ans avec de l'opium plein son avion... On raconte encore que le Shah a dû intervenir personnellement auprès du gouvernement suisse pour faire délivrer son ami... Le « on » qui raconte tant de choses, est le coiffeur de maman qui est aussi celui de Sépideh; le monde est petit, surtout dans un salon de coiffure. On raconte aussi que... Pas moyen d'avoir la paix trente secondes dans cet avion! Une hôtesse TRÈS TRÈS laide vient de me déposer un plateau, ça a l'air bon... Hum! C'est bon! A partir d'aujourd'hui je suis en vacances perpétuelles, il y aura les jours où je le verrai et les autres. Les autres? C'est un espace vide dans le temps à remplir, où il n'y a plus de jour, de semaine ou de mois. Je sais qu'on est un lundi, mais lequel?

L'avion atterrit et ma princesse m'entraîne bien vite vers la sortie pour que je ne puisse pas rencontrer la panthère noire, puis m'abandonne aux 007 qui m'attendent à la livraison des bagages. Quelle barbe!

Dans la voiture, les jumeaux me font griller à feu doux pour que je devine la surprise qui m'attend à la maison. Un chat persan? Une rivière de diamants? Eh bien pas du tout, ce sont deux perruches, un mâle et une femelle, que je découvre sur le rebord de ma fenêtre, dans une cage marocaine blanche. Merci... Ça me fait si plaisir! J'en avais justement besoin! J'embrasse les quatre joues des 007 qui rougissent à vue d'œil. C'est vrai, ça me fait plaisir.

Finalement ils sont plutôt attendrissants ces jumeaux, sans femme, sans famille, et sans enfant. Je baptise les perruches Nadine et Gérard... Tiens à propos où est Poil? Ah! Voilà mon minet qui rentre dans ma chambre en minaudant... *Minou-minou-minou!...* Oh! je te vois venir avec les perruches. Allez! *Zou!* Je l'envoie suivre une psychanalyse au salon avant que Nadine et Gérard ne finissent en Canigou. Puis je vais me coucher. De mon lit j'aperçois la lune; elle est si ronde ce soir, que je pourrais presque toucher avec mon doigt son gros ventre qui éclate dans la nuit. Je rallume, insomnie de bonheur? Je me sens l'énergie d'une pile alcaline longue durée, alors je me lève et décroche les horribles vues du port de Venise que je cache sous mon lit, pour punaiser mon poster de David Woman à la place. David Woman? C'est mon de Gaulle à moi! Mon roi soleil qui éclaire tous mes rêves depuis l'âge de dix ans. C'est l'avenir de l'homme et toute la beauté du monde sur un visage! Le seul acteur américain qui sait sourire sans montrer ses dents! Je trimbale ses photos avec moi partout où je vais, comme un nounours; et si je fais du théâtre c'est uniquement dans l'espoir qu'un jour je pourrai jouer avec lui (c'est mal barré!). Je n'ai toujours pas envie de dormir, je vais faire le ménage de ma chambre, c'est une activité sexuelle comme une autre! Seulement voilà, trouver de la poussière dans un palais où il y a dix domestiques est un effort intellectuel trop grand pour moi. Alors finalement j'écris des listes de choses à faire, car je n'ai rien à faire! Comme ça après j'aurai l'immense satisfaction de pouvoir les rayer au stylo bic rouge et avoir le sentiment d'avoir fait quelque chose... Après?... *J'ai sommeil bonsoir!*

Je suis réveillée à l'aube par Nadine et Gérard qui se croient à la Scala de Milan, alors je bouquine toute la matinée le livre sur l'énergie cosmique du docteur Murphy que m'a prêté la Palatine. Aujourd'hui Friflo a mis ma cravate pour me faire plaisir et ça me fait plaisir. Il me demande de lui raconter mon séjour à Paris millimètre par millimètre, ce qui m'agace un peu car ça va me manger toute mon heure de récréation cette histoire-là, mais Schéhérazade oblige! Quand j'en suis à Orly, je suis bien ennuyée, faut-il lui transmettre le message de maman?

J'entends des voix qui me disent « Non Mimi! surtout pas! Danger de mort! » Mais c'est trop tard : *un-deux-trois* j'ai sauté du trentième étage et je lui raconte tout! Il est surpris, il toussote, un peu mal à l'aise, réfléchit quelques secondes dans le vide avant de répondre : « Si tu veux! »

My God! J'avais tout prévu, sauf ça! En l'espace d'une minute mon imagination voit défiler le scénario : ma mère lui demandant d'abdiquer!

Elle en est capable! Elle achète bien tous les jours le journal pour voir si on n'annonce pas le cancer de Giscard, parce que son coiffeur lui a dit de source sûre que... Mais c'est une autre histoire. Qu'est-ce que je fais? Comme toutes les fois où je ne sais pas, je grimpe sur ses genoux en prenant mes yeux de Petits-Suisses pour lui faire oublier ma mère. Ça marche cinq minutes et après il me demande de faire tout de suite le numéro. « Mais surtout que ta mère ne prononce pas mon nom, me dit-il, on est sur écoute. » Je me lève en me dirigeant vers le guéridon où est posé l'appareil et supplie le petit Jésus pour que maman se soit fait manger par les loups ou violer par Louis XIV... **Tout,** mais pas à la maison! Please, pas à la maison! lorsque j'arrive au téléphone je suis aussi fatiguée que si j'avais escaladé le mont Blanc, je décroche... Avec un peu de chance le petit Chose aura enlevé ses boules Quiès... Pas du tout! Le téléphone marche; c'est une honte un téléphone qui marche aussi bien! Quelques secondes plus tard monsieur « je sais tout avant tout le monde au chômage » répond. Espérons qu'il ne veuille pas lui aussi parler au Shah, il serait capable de lui expliquer qu'il y a du pétrole en Iran. Mais lorsque Antoine me dit d'une petite voix moqueuse :

« Alors Mimi, quand le Shah n'est pas là, la souris danse? je n'espère plus rien.

– Passe-moi maman, je ne trouve vraiment pas ça drôle!... Allo maman? Ça va? Oui, oui... écoute, je vais te passer *la personne.*

– Qu'est-ce que tu racontes?

– Je vais te passer *qui tu sais* ! »

Lorsqu'elle me répond d'une voix coquette « Qui?... le Shah? », je vais déjà *très* mal, mais quand elle ajoute « Quoi!... Maintenant? Mais je ne suis pas coiffée! », je suis *très, très, très, très* mal. Et puis lorsque Friflo me fait signe d'un geste de la main, d'aller dans la pièce à côté pour que je n'assiste pas à leur conversation, vous multipliez les « *très* » par cent et vous aurez une notion de mon désespoir à ce moment-là. Dans la salle de bains, je colle mon oreille à la porte pour essayer d'écouter, mais mon cœur bat si fort que je n'entends rien... Et puis il y a ce foutu robinet qui goutte! Comment travailler dans des conditions pareilles! Je vais pour le fermer, lorsque j'entends rire dans le salon, je cours reprendre ma place : plus rien. Je glisse un œil à travers le trou de la serrure : Friflo est assis dans un fauteuil et écoute avec attention maman parler. C'est très mauvais signe, elle doit être en train de le soûler avec ses faire-part : « Son papa est mort quand elle avait treize ans, elle a besoin d'un père cette petite! Je compte sur vous », ou encore : « Sa grande sœur Clara est morte l'année dernière... » Ça c'est la première solution, la deuxième, assez probable car maman trouve que ma culture vole à ras des pâquerettes, serait : « Je compte sur vous pour qu'elle L-I-S-E! Ma fille est un être sous-développé mais c'est une gosse qui a du cœur, et n'est-ce pas le plus important dans la vie, majesté? (petits rires de mante religieuse). Maintenant c'est lui qui lui parle, il a l'air très sérieux... Vas-y, mets-lui un grand coup! Dis-lui : « C'est une gosse qui a un beau cul et n'est-ce pas ça le plus important dans la vie madame? » C'est fini, ils ont raccroché. Qui a gagné? Friflo reste un instant à rêver, immobile sur son fauteuil, puis il m'appelle. Je quitte mon trou de serrure et rentre en belle indifférente :

« Alors?

– Non, ça ne se fait pas. Elle te racontera elle-même, ce n'est pas à moi à le faire. »

Je ne sais pas lequel des deux je déteste le plus à ce moment-là, lui ou elle mais ma tête est remplie de toiles d'araignées. Le Shah me bourdonne quelques mots tendres à l'oreille que je n'entends même plus. Mon cœur est au congélateur. Pourquoi faut-il toujours être trompé par les gens qu'on aime? Maman vient de me voler mon chat et mon chat vient de me voler ma maman. J'ai besoin d'un coupable, lui ou elle? Si seulement je pouvais trouver une belle phrase toute faite, zéro pour cent de matière grasse, pour décrire ce qui m'attache à cet homme tout deviendrait simple, mais ce sont des choses subtiles, imperceptibles et presque invisibles que j'aime en lui... Allez Mimi, arrête ton cinéma! J'arrête. Je vais dans ses bras et tout redevient simple, pauvre maman!

Friflo veut que je m'occupe :

« Tu dessines?

– Non.

– Alors apprends à dessiner, ou bien écris!

– Quoi?

– Des poèmes!

– C'est trop triste.

– Alors demande à Sépideh de t'emmener faire du ski nautique, il y a un très beau lac artificiel à une heure d'ici. En plus c'est bientôt le printemps!

– Non, ce que j'aimerais c'est un bureau à moi qui me serve d'atelier. J'étouffe d'être toute la journée dans ma chambre!

– Bon, d'accord, je demanderai à Solie de te trouver ça. »

Il est sur le point de s'en aller et puis arrivé à la porte, il se retourne vers moi :

« Tu sais, elle est très drôle ta mère! »

Le ton de sa voix était si bienveillant, que tout à coup la même mère que je vendais aux copines comme la femme de ménage, lorsqu'elle venait m'attendre à la sortie de l'école, devient un être fragile, intuitif et mortel, que j'ai envie de prendre dans mes bras et de bercer tout contre moi.

De retour dans ma chambre, je sonne pour qu'on me monte un thé et m'installe sur mon lit confortablement afin d'écrire un poème. Je suis confrontée au supplice de l'écrivain : la page blanche! Pas longtemps blanche pour moi, je renverse ma tasse de thé sur le magnifique bloc de papier à lettres de M. Solie; et mes vers trouvent leur immortalité sur le ventre d'une boîte de kleenex, où je passe quatre heures à polir quelques phrases sur Paris, le « Gai Pariss » et Mamzelle la Seine. En me relisant, je suis très excitée, j'ai l'impression d'y avoir mis beaucoup de sexe et d'être un écrivain interdit aux moins de dix-huit ans. Je téléphone à Gérard pour qu'il me corrige les fautes d'orthographe. L'orthographe! Chez moi c'est un virus contagieux qui contamine tous mes lecteurs et je suis obligée de changer régulièrement de correcteurs.

Dès que je lis mon poème à mon ami il ne veut plus rien avoir à faire dans cette galère :

« Enfin Marie! Tu ne vas pas donner ÇA au Shah

d'Iran! Décris plutôt le paysage sous tes fenêtres!

– Mais Gérard! C'est tout ce qu'il aime! Pigalle en autocar! Pépé au béret avec sa baguette sous le bras! Le tombeau de Napoléon! »

Gérard est si horrifié qu'il en reste sans voix. Son admiration pour le Shah en prend un sérieux coup, il aurait préféré du Victor Hugo :

« Moi à ta place je recopierais un poème des Orientales en supprimant tous les " Oh ", les " Rage " et les " désespoirs " et les remplacerais par quelque chose de plus, de plus... jeune! En tout cas ne compte pas sur moi pour collaborer à ce torchon. Si tu veux je peux demander à mon patron M. Petrowski, il est polonais, peut-être qu'il voudra bien... »

Je lui raccroche au nez : décidément, tous des cons ET Gérard! M. Petrowski son patron! un Polonais!

Lorsque je descends dîner, il y a un couvert de plus dressé sur la table. On attend de la visite? M. Solie me présente Amir. Beau, brun, grand, mince, la trentaine et pourtant je courrais dormir dans la baignoire plutôt que dans son lit. M. Solie m'explique que son ami se propose de m'emmener demain assister à un concours hippique. Traduisez : voilà un eunuque, plus jeune que les autres et moins encombrant, qui vous distraira, mais pas trop. Le nouveau a de grosses lunettes en écaille qui lui mangent la moitié du visage et n'arrête pas de torturer son nez, qui est déjà assez grand, en tirant dessus dans son mouchoir. C'est le genre de type qui trimbale un rhume hiver comme été. Amir a une chose pour lui, le naturel : il sait sourire quand il en a envie. Amir ne sourit jamais. C'est le fils du pseudo-ministre du protocole, qui en réalité est ministre des forêts, comme je viens de l'apprendre. A trente ans, si Amir n'est toujours pas marié, m'explique M. Solie c'est à cause de son chien Mao. Mao est un berger des Pyrénées d'une taille impressionnante, très jaloux. Mao ne fait rien sans Amir et Amir ne fait rien sans Mao, alors ils ont dû s'acheter une Range-Rover pour se déplacer. Amir est décorateur, quand il n'a pas de travail il aide son père...

Depuis déjà dix minutes que le banquier me fait la pub de son poulain, celui-ci n'a pas ouvert la bouche; le nez absorbé dans son mouchoir, il se cache. Timide et terriblement sympathique cette façon qu'il a de rougir dès qu'on parle de lui, comme si... Mais attendons de voir! Le dîner avalé, je prends congé de tout le monde et fonce dans ma chambre téléphoner à la Palatine. Il est sept heures à Paris, elle doit sûrement être rentrée de chez sa conseillère conjugale. Soyons fine et jouons celle qui sait tout. C'est le bouledogue qui décroche, celui que ma mère envoie toujours chercher le pain et qui y va; le seul de la famille qui croie toujours sa sœur en Angleterre. Rémi hurle à travers l'appartement :

« Môman!... Mimi!

– Allô Marie? Tu es seule? Bon!... C'est un homme bien élevé, je l'ai vu tout de suite. Il sait écouter les gens et Malraux disait...

– Au fait maman! Au fait! dis-je en me rongeant le dernier bout d'ongle comestible.

– Ne t'inquiète pas Mimi, **j'ai été parfaite.** Elle soupire un grand coup. Juste assez distante et spirituelle pour ne pas avoir l'air de... Voilà, j'ai commencé par lui dire : « Votre majesté, je sais par ma fille que nous avons une passion commune pour De Gaulle et les amis du général sont les miens.

– Et qu'est-ce qu'il a répondu ?

– Heu !... Je crois qu'il a ri, mais je n'en suis pas sûre ! Attends que je réfléchisse... Non ! il n'a pas ri, pas à ce moment-là, c'était plus tard, lorsque je lui ai dit qu'il avait un bien beau pays.

– Évidemment si tu lui as sorti ça comme si tu complimentais la voisine sur son jardin, il a dû rire...

– Ce que tu peux être crampon, Vinaigrette ! Je sentais qu'il fallait le mettre à l'aise... Mais ne t'inquiète pas, **j'étais parfaite !** D'ailleurs il m'a répondu très gentiment que j'étais la bienvenue en Iran... Non, il est très correct ce garçon !

– Mais enfin, maman, pourquoi voulais-tu lui parler ?

– A cause de toi... Je voulais lui dire que je n'aimais pas ta façon d'agir, et tes impulsions, mais, que dès que j'ai su qu'il était le révérend Moon, je me suis sentie rassurée.

– Et tu lui as dit ?

– Oui... Ne t'inquiète pas, Mimi, **j'ai été parfaite !** Après nous avons parlé de la France et j'en ai profité pour lui rappeler que nous l'aimions beaucoup.

– Qui ?

– Les Français! Et puis au moment de raccrocher, je lui ai dit qu'il fallait que tu L-I-S-E-S! Bon, là je te raconte mal, mais j'ai été parfaite! »

Elle a été parfaite!

C'est tout? je suis plutôt déçue, alors je tente le tout pour le tout :

« Enfin, maman, ne me raconte pas d'histoires, je sais très bien qu'il y a autre chose... Je suis au courant, il m'en a parlé!

– Ah bon? Mets-toi à ma place... Pour la maison en Suisse je lui ai répondu que c'était hors de question et que je n'accepterais jamais rien venant de lui. J'ai cité ce qu'a répondu De Gaulle à Churchill quand celui-ci lui demandait « Pourquoi êtes-vous si exigeant? – Parce que je suis si pauvre, que je ne peux faire aucune concession. » C'est beau, non?

– Oui, c'est beau... sinon quoi de neuf à la maison?

– On a volé la mobylette de ton frère Rémi... »

Je passe le combiné du téléphone à Poil de Carotte, qui vient de monter sur mon lit pour flirter avec moi. Les histoires de mobylette de Rémi le passionnent, il se frotte la truffe contre l'écouteur et met en route ses machines à ronron *et Rron-Rron petit patapon!*

Pauvre maman qui vit dans ses rêves de splendeurs, si elle savait ce qu'on s'ennuie de l'autre côté de la barrière, elle serait tellement malheureuse. Je raccroche, recouvre la cage des perruches avec le châle indien vert, et éteins la lumière pour essayer de dormir...

Dix-sept ans, porte 57

Je suis au musée du Louvre avec elle devant une toile de David qui représente Bonaparte franchissant les Alpes. La Palatine est en extase devant celui-ci sur son cheval blanc, et me supplie d'aller lui faire l'amour. Quand je lui explique que c'est impossible parce que c'est un tableau, elle s'impatiente et m'ordonne de ne pas faire attendre l'empereur. Alors pour lui faire plaisir je monte sur la pointe des pieds et effleure du bout d'un doigt le pantalon blanc de l'Aiglon... ses épaules sous sa cape beige puis je passe ma main dans ses longs cheveux noirs en ratissant sa nuque avec mes ongles. La visite continue, sous l'œil amusé du gardien qui à chaque fois que je caresse un roi de France se tortille en accordéon sur sa chaise. Quand j'arrive à Louis XIV, je suis si fatiguée que je déchire son manteau d'hermine en deux, lui arrache violemment sa perruque et commence à le frapper avec les talons de ses petits escarpins blancs. Aussitôt ma mère se met à hurler au sacrilège, la sonnette d'alarme retentit dans tout le musée et le gardien bondit sur Louis pour lui remettre sa perruque, sous les « bravos » de la Palatine, qui applaudit comme si elle se donnait une fessée. Lorsque tout à coup Napoléon saute de son cadre à pieds joints et me soulève par la taille en essayant de me faire basculer à l'intérieur de son tableau... Ça y est! Me voilà dans les Alpes, grelottant de froid, face à un grand cheval blanc qui me barre la route. Je glisse doucement sous ses jambes pour aller m'asseoir sur un rocher au fond de la toile à côté d'un soldat qui pousse un canon d'artillerie. Quelques instants plus tard, l'empereur me rejoint, le pantalon couvert de traces de rouge à lèvres. Sans un regard vers les autres soldats, il m'allonge sur la terre et m'embrasse en faisant tomber ses cheveux en rideau sur mon visage. Il pèse cent kilos avec ses bottes, son épée, son écharpe dorée, et ses éperons qui m'écorchent les chevilles, j'ai mal partout, puis tellement mal, que je n'ai plus mal du tout... Il remonte le long de ma colonne vertébrale jusqu'à ma gorge, en se cherchant dans toutes mes formes. Son odeur de taille-crayon m'est étrangement familière. Il m'envahit à l'usure en continuant à faire les cent pas nerveusement dans mon ventre. Quand, brusquement dans un cri, il cache son secret au plus profond de moi. J'ouvre les yeux : dans son élan Napoléon a fait tomber son chapeau et tout à coup je me retrouve nez à nez avec mon père... Pourvu que maman n'ait rien vuuuuuuuu!

Je me réveille et jette un coup d'œil à ma montre : il est onze heures du matin. Le soleil, qui crache ses rayons à travers les rideaux en dentelle, découpe ma chambre en kaléidoscope. Je sonne mon petit déjeuner et commence à écrire une liste de choses à faire :

Interdit de se ronger les ongles, en cas d'urgence grignoter les peaux autour.

Interdit de prendre quatre bains par jour. Interdit de se plaindre. Interdit... Que c'est fatigant de s'interdire! Il n'y a que les Français pour écrire interdit partout, sur les panneaux, dans le métro, dans les autobus, sur les murs, dans les taxis; avec des phrases aussi intelligentes que « *pelouse interdite* » « *Laissez vos places aux femmes enceintes* » ou « *Priorité aux invalides de guerre* »! Pour ça je suis bien française, je ferais mieux de L-I-R-E comme dit l'autre! Allez prends ton bouquin sur « la vie après la mort » et descends L-I-R-E au bord de la piscine.

En début d'après-midi, mon nouvel eunuque débarque à la maison afin de m'emmener voir la finale de jumping. Pour une fois que je peux sortir sans les deux autres je ne me fais pas prier et saute dans la Range-Rover, sans même prendre le temps de me changer. Pendant le voyage, Amir m'apprend qu'un scandale a éclaté au lycée Razi. Une infirmière originaire de Toulouse aurait giflé un neveu du Shah qui lui aurait manqué de respect; et un professeur de français serait arrivé à une réunion de parents d'élèves sans cravate... « Ma chère Marie, décidément vos compatriotes se font beaucoup remarquer en ce moment à Téhéran! » me dit-il d'un ton sarcastique. « Le bruit circule que sa majesté serait intervenue pour qu'on ne les renvoie pas de l'école... » ajoute-t-il sur le mode des fausses confidences, en guettant la vérité sur mon visage, comme si j'y étais pour quelque chose! Arrivée là-bas, Amir me pousse dans une tribune spéciale qui domine un stade noir de monde en me recommandant de ne surtout pas ouvrir la bouche pour que personne ne remarque que je suis française. Ne pas me remarquer? Difficile avec mon jean et mes baskets. Au milieu de tous ces chapeaux à fleurs, je détonne comme un ticket de métro sur un green anglais.

Toutes ces muses de prix de Diane, qui me déshabillent d'un regard méprisant, me paralysent comme un lapin au milieu de l'allée. Impossible de bouger d'un poil, j'ai l'impression d'être prise en flagrant délit d'école buissonnière. J'attends au milieu de l'allée, en empêchant tout le monde de voir, que le ciel veuille bien me tomber sur la tête en chuchotant tout bas : « Son royaume pour une souris. » Heureusement pour son royaume, la souris finit par venir et m'entraîne jusqu'à ma place, où elle me murmure dans le creux de l'oreille : « He is here! » Je tourne discrètement la tête pour apercevoir, quatre rangées au-dessus de ma tête : maître Friflo sur un trône perché. Persuadée qu'il m'a repérée, je prends une contenance de ticket de première classe, en fixant d'un air passionné les cavaliers évoluer sur la piste. Qui a gagné? Je n'en sais rien. Pendant deux heures, immobile, le regard à l'infini, comme une poupée de cire, je subis en silence l'armée des fourmis qui me chatouille le bout des pieds. Clouée sur ma chaise, je retiens ma respiration de peur de déclencher une tornade dans le stade. Quand soudain des milliers d'Iraniens se lèvent et entonnent l'hymne national en chantant tous avec une telle ferveur et un tel fanatisme, que tout commence à s'embrouiller dans ma tête. Où suis-je? A un concert de rock and roll ou chez les fous? La foule m'impressionne toujours beaucoup, mais le patriotisme en temps de paix, surtout pour du jumping, c'est débile!... *Home sweet home*, j'ai des frissons partout. Pourtant moi aussi je chante, j'ai tellement peur d'être lynchée par tous ces gens, que je fais tout ce que je peux pour avoir l'air iranienne, j'essaye même de camoufler le tremblement de mes jambes en me balançant au rythme de la musique. Amir est mort de rire, moi, je suis morte de trouille... Je jure que c'est la dernière fois que je sortirai de mon palais, la dernière fois! LA DERNIÈRE FOIS! Mais qu'est-ce que je fais là? Qu'est-ce que je fais là? Je suis là parce que je suis amoureuse de Laurence Olivier... Enfin je voulais dire du prince Muichkine qui s'est déguisé en shah! Non ça n'est pas ça, j'aime un chat roux...

Amir m'entraîne dans les coulisses afin de féliciter son frère qui a gagné la coupe, tandis que le Shah inaugure une exposition sur l'équitation. Puis l'hélicoptère impérial se met à bourdonner tout autour du stade et disparaît dans le ciel brûlant.

Le lendemain, à peine Friflo aventure-t-il sa patte dans la souricière du salon bleu, qu'il se met à me bombarder de questions : « Mimi, où étais-tu assise exactement? Je t'ai cherchée pendant deux heures! Comment étais-tu habillée? » Quand je lui dis que j'étais à huit mètres sous ses pieds, bien sûr il ne me croit pas. A quoi pensent les chefs d'État pendant les cérémonies officielles? Ils pensent tous à une femme ou à un steack-haricots verts (sauf de Gaulle qui pensait à

Malraux). Tous leurs masques sérieux? Ils ont passé des heures à les sculpter le soir devant leur glace avant de se brosser les dents. Ici, j'en apprends plus que dans n'importe quel conservatoire de théâtre. La différence? C'est qu'au théâtre les gens payent pour qu'on leur mente, tandis qu'ici le mensonge est gratuit, c'est de la triche! Il devrait y avoir des élections payantes. Dire que je lui ai fait une scène serait un peu exagéré, j'étais trop contente qu'il ait pensé à moi et puis j'étais rassurée...

Maintenant je suis sûre que c'est Friflo qui joue au Shah et non le Shah qui joue à Friflo... Et moi, à quoi est-ce que je joue?

Mon bureau se trouve au fond du jardin, dans un petit bungalow enseveli sous des massifs de fleurs. L'air est parfumé, il fait très chaud, c'est l'été. Bercée par le ronron de l'air conditionné, je fais une pause dans mes travaux. Mes travaux? Je me suis lancée dans la sculpture à la cire, et comme modèle j'ai engagé Poil de Carotte, qui est si abruti par la chaleur qu'il passe toutes ses journées à faire la sieste sur les grosses dalles de mon cabinet de travail. Je continue toujours à rendre un poème à Friflo toutes les fois où nous nous voyons mais la littérature commence à me fatiguer, je préférerais écrire en touriste comme avant. Il s'est bien passé quatre mois depuis la finale de jumping, quatre mois où je n'ai pas mis les pieds hors des murs de mon palais. Il n'y a rien à signaler... Ah oui!, c'est vrai, j'oubliais : Farah Fawcett est venue à Téhéran et Sylvie Vartan a donné un concert au Hilton, mais comme je n'y suis pas allée, je n'en sais pas plus. Durant ces quelques semaines la vie a continué calme et ensoleillée sous le signe des petites filles modèles. Le seul homme dont je suis amoureuse ne me regarde pas comme une femme, mais comme une image de la Vierge. Bien sûr, l'image est plus séduisante que celle de Vinaigrette qu'on me donnait à la maison, mais être le clown de la famille ou la Vierge d'un empereur, c'est la même chose : on n'a pas de corps et on a trop de cœur.

« Tu es une midinette! Un peu de grandeur d'âme! C'est un homme submergé de travail! Comment veux-tu qu'il trouve le temps de... » Voilà les belles paroles de la Palatine tout à l'heure au téléphone lorsque je lui demandais si elle trouvait normal que... Enfin je m'inquiétais qu'il ne trouve pas le temps de... Depuis si longtemps. Dans un sens je m'en fous, ça ne m'a jamais intéressée ces choses-là, déjà à l'école j'étais nulle en gym...

Depuis une bonne demi-heure que ma cire chauffe au soleil, elle doit être assez molle... Les 007 m'ont offert des instruments ultra sophistiqués mais je préfère travailler à la main, c'est plus agréable comme sensation. Petit à petit un être apparaît sous mes doigts, complètement inconnu de moi et pourtant de moi, c'est très impressionnant. Pas moyen d'être tranquille! Amir vient d'arriver et insiste pour m'emmener faire une randonnée à la campagne : « Are you coming? » *No*!... Yes!... *No*!... Yes!... *No*!... please! Ok! Après tout, à la campagne il n'y a sûrement pas de stade. C'est vrai je ne tiens pas ma parole, mais je moisis ici avec ces jumeaux qui passent leurs journées à me faire *guiliguili* pour essayer de me faire rire, et ce banquier qui cherche les cours de la bourse dans Play-boy!

A peine sortie de Téhéran, la magie de l'Orient apparaît enfin aux pieds de l'Elbourz, le soleil évanoui farde la montagne d'une poudre d'or qui diffuse une lumière féerique sur la Hezar Tcham, la route aux mille tournants. Nous traversons des bouts de villages, où des vieillards aux regards nuageux fument la pipe dans la chaleur et la poussière, et des hommes pieds nus transportent des postes de télévision sur leurs épaules.

Soudain la voiture s'arrête aux portes d'une espèce de camp militaire, où un soldat nous sourit de toutes ses dents en or en actionnant les barrières pour nous laisser le passage. Nous voilà sur les terres de la famille impériale. *Propriété privée, Danger de mort, chien méchant*, tout y est! Ces panneaux sont plantés le long d'un chemin qui sillonne un désert pierreux. Nous roulons depuis une bonne dizaine de minutes sur ce « no-man's land » de rochers, quand soudain c'est la panne d'essence! Pas l'ombre d'une habitation à dix kilomètres à la ronde, nous avons échoué dans un refuge de guépards. En balayant d'un œil mauvais les alentours, le capitaine Amir descend chercher un bidon de secours dans le coffre et nous repartons sans que j'aperçoive la griffe d'un fauve ou la patte d'un chat. Vingt kilomètres plus loin, nous pénétrons dans un petit bois qui débouche sur un immense parc au pied d'une colline. C'est Bagatelle au mois d'août, sans touristes, ni gardiens. Des centaines de jardiniers cisèlent dans le roc des jardins suspendus. D'un coup de râteau, ces magiciens de la terre font apparaître du désert les fleurs les plus rares. Toute cette beauté gratuite qui s'offre à moi sans que j'aie fait quoi que ce soit pour la mériter, me donne le vertige. Je me sens menacée par la richesse du paysage, coupable, sans que je comprenne pourquoi. A un certain degré la beauté devient insoutenable et même presque laide. Nous grimpons en haut d'un chemin en lacets jusqu'à un tout petit pavillon de chasse du XIIe siècle qui sert encore de refuge à quelques privilégiés. Nous sommes aux Indes, les parfums, les couleurs, les miroirs incrustés, la finesse des fresques sur les murs, les tapis sont du pays des Maharadjahs. Amir me raconte avec nostalgie que cette propriété appartenait à sa famille avant la redistribution des terres faite par le gouvernement iranien. Puis nous redescendons vers la voiture en refaisant le monde avec de grandes phrases, sans regarder celui qui nous entoure. Derrière nous le soleil décline dans les roses sur la montagne. Nous roulons à toute allure à travers la steppe sauvage, quand soudain celle-ci se transforme en prairie normande où des pur-sang nerveux galopent dans tous les sens. Une vieille bâtisse blanche ridée par les graffitis de générations d'enfants, se dessine dans un ciel délavé par la nuit qui s'y glisse; c'est la maison des parents d'Amir. Pas de vues du port de Venise, ici; ici on ne reçoit jamais, on vit, pas pour soi, pour la famille; un samovar en cuivre vaporise un parfum de thé à travers un salon tout en boiserie. Sur les murs, des miniatures délavées par les rayons du soleil nous observent d'un sourire pâle. Des bottes de cheval, des bombes, des cravaches, traînent aux quatre coins de la pièce avec un fouillis généreux de tribu orientale. Au bout d'un long couloir, une porte éclate d'un rire bruyant, c'est le pseudo-ministre en tenue de gentleman farmer, suivi d'une solide pondeuse sur le retour d'âge : la mère d'Amir. Pour tout ce qui est questions pratiques comme servir le thé, c'est elle le gouvernement de la famille et tout le monde lui obéit au doigt et à l'œil. Mais dès que son mari commence à parler elle se cache derrière les deux olives noires de ses yeux pour l'écouter avec respect. De quoi parlons-nous? D'équitation, des Indes, de l'Iran, de banalités sur la France, mais derrière ce gaspillage de mots et de phrases vides, que de tendresse, d'amour, et d'humanité! Cette famille me crache de l'oxygène dans la tête, et pour la première fois on ne me fait pas le numéro de tout va bien dans le meilleur des mondes. Puis vers huit heures Amir m'emmène dîner dans l'hôtel le plus chic de la ville, ce qui n'est pas peu dire : le Hilton! Hôtel moderne qui vieillit mal, construit vite fait mal fait sur les bords d'une autoroute afin d'accueillir la clientèle européenne de passage à Téhéran. Dans le hall, des hommes d'affaires anglais, français et allemands, somnolent au fond de larges fauteuils de cuir en attendant Godot, tandis qu'un Italien s'impatiente à cause de son PCV à Roma qui ne vient pas. Au kiosque à journaux, toute la presse comestible a été dévalisée et j'acquiers pour la modeste somme de cinq dollars un vieux numéro du mois d'août de *Nous deux*. Au Schéhérazade, le restaurant le moins mauvais de la ville selon Amir, quelques musiciens en costume folklorique jouent une mélodie pleurnicheuse devant des tables vides. Décidément à chaque fois qu'on me sort quelque part, je suis toujours toute seule, comme si on s'arrangeait pour que je ne sois pas en contact avec les gens! En plus le dîner est sinistre : quelques grains de riz brûlés jouent au football dans mon assiette devant un poisson grillé qui fait l'arbitre. Entre Amir et moi ce sont les grandes confidences, mon ami m'avoue qu'il est homosexuel, et qu'il est tombé fou d'amour d'un Anglais pendant les fêtes de Persépolis. Seulement voilà, John est en instance de divorce... Mais si tout va bien début août John sera un homme libre, et un homme pris. Je prends mon plus beau sourire de fleur épanouie et lui propose d'aller fêter ça dans une boîte de nuit. Mon ami se fait un peu prier à cause de « *qui vous savez* » et finit par céder à la condition que je n'en parle à personne. Je promets, je jure, je crache, et dix minutes plus tard je me retrouve sur le perron d'un petit pavillon de la banlieue résidentielle. Qui pourrait croire que cette coquette maison bourgeoise cache une boîte de nuit enfumée aux lumières tamisées? La clientèle, composée en majorité d'hommes, est assise autour de minuscules tables rondes sur lesquelles brillent des bougies électriques rouges. Mises à part trois filles à la table d'un Américain, je suis la seule femme, ici, ce qui n'a pas l'air de plaire à Amir qui, déjà, *feel so sorry* de m'avoir emmenée dans un endroit si vulgaire... Soudain les gens qui dansaient sur la piste regagnent leurs places, et la lumière diminue progressivement dans la salle. La scène s'éclaire à l'apparition d'une fausse blonde vêtue juste assez pour ne pas attraper une angine de poitrine; faute de cache-nez, elle porte un cache-sexe aux couleurs du drapeau américain. Puis c'est le tour d'une grosse rousse perchée sur des talons aiguilles argentés, qui elle aussi a fait une économie sur le tissu avec son justaucorps imprimé de dollars. Le dollar rejoint le drapeau américain sur le plateau et se lance dans une danse plutôt câline sur *My way* de Frank Sinatra, revu et corrigé par Frank Pourcel. Si Amir ne semble pas apprécier leurs chorégraphies et plonge d'un air dégoûté son nez dans son mouchoir, ce n'est pas le cas du monsieur assis à ma gauche qui regarde avec admiration ces deux petites filles de quarante ans lancer leurs moues boudeuses aux quatre coins de la salle. Puis une averse de confettis bleus tombe sur la scène, et la lumière d'un projecteur dessine un arc-en-ciel de toutes les couleurs. En deux temps trois mouvements, les deux danseuses saisissent un parapluie en coulisse, chaussent des cuissardes vernies noires et entonnent « *Singing in the rain* ». Elles sont encore en train de chanter sous la pluie, lorsqu'un petit malin du troisième rang, un Japonais, leur propose de venir se sécher à sa table. Impossible d'en savoir plus, Amir, telle une mère qui se jette sur son fils pour l'empêcher de voir un accident sur la route, m'entraîne vers la sortie, en s'excusant.

Si mon ami n'avait pas eu le code secret pour faire taire les bergers allemands, toute la maison aurait été au courant que j'étais rentrée à trois heures du matin.

J'embrasse Amir qui est encore *sorry* et monte me coucher sur la pointe des pieds. En fermant mes volets, j'aperçois la porte de la cage de Nadine et Gérard grande ouverte et personne à l'intérieur... Envolées les perruches! Comment? Allez demander à M. Solie il vous expliquera que c'est par la grâce d'Allah!

Friflo insiste pour visiter mon bungalow. Comme je m'y attendais, il trouve David Women très laid, tandis qu'il s'extasie devant une photo de Gérard en smoking blanc posant devant les portes de l'Opéra. Quant à celle de Nadine où elle est assise sur une des Porsche du parking, il ne la trouve pas son genre... Mais c'est une question de genre!, se croit-il obligé d'ajouter lui aussi. Puis il va s'asseoir sur mon lit pour faire une partie de tric-trac. C'est alors que sans aucune raison, sans aucun motif, sauf peut-être la perspective de jouer encore au tric trac, l'envie de lui faire une scène me démange comme une envie de mousse au chocolat en plein milieu de la nuit.

« A toi de jouer! Double six!... » (Ça y est j'ai trouvé : la Française aperçue dans un magasin de disques ce matin.) Malheureusement pour moi, « il n'est pas le seul homme à Téhéran », me dit-il, et mes espérances de crépage de couronne tombent à l'eau : *plouf!*

La partie de trictrac reprend son cours tranquillement... Tric*trac*, tric*trac*, tric*trac*, tric, tric,tric, tric... Tout à coup le cœur de la pendule s'emballe et je bondis sur le jeu comme un coucou d'horloge suisse, en envoyant valser tous les pions sur les tapis.

« *Je ne veux pas* rester à Téhéran pendant les grandes vacances! *Je ne veux plus* écrire des poèmes! *Je ne veux plus* rester enfermée dans ma chambre! *Je ne veux plus...*

– Mais alors que veux-tu?

– ...?

– QUE VEUX-TU?

– Je veux aller chez Mme Napolie!

– Madame Napolie? »

Je deviens cinglée ici! J'ai dit Mme Napolie comme j'aurais pu dire Mme Ripolin, pour lui montrer que je savais ce que je voulais et surtout que je voulais quelque chose... Mme Napolie?

« C'est une vieille amie de la famille un peu casse-pieds, mais qui a une très jolie maison à la Nouvelle-Orléans! (Bien sûr *paquess* de lui dire que c'est une Américaine que maman a rencontrée l'année dernière en faisant la queue à une station de taxis à Saint-Germain-des-Prés, sinon il ne voudra jamais me laisser partir. Il paraît que c'est la Yankee typique de soixante ans : lifting, bigoudis et faux ongles, sans parler du caniche blanc, du psy et de ses deux amants pour équilibrer son budget sentimental.) Pendant qu'il réfléchit en silence, je ramasse les pions par terre et les range dans leur boîte. Mentir moi? Je ne dis pas toute la vérité, nuance! J'entame les négociations par une partie de dames, au grand désespoir du Shah qui voudrait que j'apprenne les échecs au plus vite.

« Pourquoi ne vas-tu pas en Suisse, il y a des salons de thé charmants là-bas... Et tu en profiterais pour ouvrir un compte au Crédit Suisse... Tu vas être tentée aux États-Unis! »

Tentée? Je fais confiance à son imagination à fleur de peau pour trouver des tentations partout, sauf en Suisse où il n'y a rien à tenter... sauf le suicide.

« Le lac de Genève, c'est trop triste, trop propre, trop bien pour moi! Allez, fais un petit effort de quelques kilomètres! A toi de jouer!

– Et pourquoi ne vas-tu pas aux Indes?

– Je me connais, je vais flipper, il y a trop de morts là-bas.

– Alors va à la Nouvelle-Orléans mais emmène Doleimani avec toi!

– Oh non! C'est plus des vacances alors! C'est la colo! Et puis il a sûrement mieux à faire que d'être l'ombre d'une petite Française... Souffler n'est pas jouer... Je vais gagner!

– Laisse-moi réfléchir quelque temps...

– Ne réfléchissez pas trop, majesté, et jouez! Ça y est j'ai gagné! Tu pars déjà? »

Cette fois-ci c'est à cause du Premier ministre indien...

Avant de s'en aller, je lui fais promettre de m'envoyer deux douzaines de roses quand il aura pris sa décision : des rouges pour la Suisse et des blanches pour les USA. Les roses? c'est une idée de Gérard. Pour que le Shah puisse communiquer avec moi à distance et sans intermédiaire.

Le lendemain, quand j'ouvre un œil vers dix heures, ma chambre s'est transformée en cimetière, trois gerbes de fleurs sont posées au pied de mon lit. Dans la première, il y a une grosse botte de tulipes en flammes avec une carte d'Amir qui *feel encore sorry* pour *yesterday*. Dans la deuxième, des iris tigrés avec un mot de M. Solie, qui lui aussi *feel sorry* à cause des domestiques qui ont laissé échapper les perruches en faisant le ménage de la cage (menteur!). Dans la troisième? Deux douzaines de roses blanches et anonymes! Youpie! ET VIVA AMERICA!... Taisez-vous donc, sergent Garcia! Allez plutôt enfermer ces couronnes de fleurs dans la salle de bains avant que la señora Vinaigrette ne meure asphyxiée!... Si, si señior Zorro! Je suis tellement excitée par la nouvelle que je signe : Z au bâton de rouge à lèvres sur tous les miroirs du palais. Et je passe la fin de matinée allongée sur mon lit, les doigts de pieds en éventail, à organiser par téléphone mon voyage chez Mme Napolie. C'est « *Crazy* » comme la vie est facile quand on a de l'argent, on économise du temps... Evidemment, dans mon cas c'est différent j'ai du temps à revendre et de la vie à jeter par la fenêtre... Je viens d'entendre un hélicoptère chuchoter tout autour du palais, et je me suis précipitée sur le balcon pour lui faire des grands signes, sans m'imaginer que c'était peut-être la chabanou qui était à l'intérieur. L'après-midi s'écoule au compte-gouttes :

1 h : Arrivée des Doleimani chargés de grosses caisses. 1 h 05 : Je découvre une superbe sono japonaise avec un micro de chanteuse professionnelle. 2 h 30 : Une heure de cirque avec les Dupont-Dupond qui n'ont jamais vu une prise électrique de leur vie. 5 h : Ça marche! Merci Amir. 5 h 15 : Je me prends pour Liza Minnelli dans *Cabaret*. 5 h 39 : Quand Amir prend John dans ses bras, il voit la vie en rose. 6 h : Les Doleimani crachent sous la pluie dans mon micro. 6 h 30 : Les mêmes assis sur le divan en rang d'oignons écoutent sagement Jonny Thunders leur chanter le sexe, la drogue et le rock and roll. 7 h : Les 007 en ont plein les oreilles et retournent soit-disant travailler. 7 h 05 : Amir repart soigner son extinction de voix : 8 h : Je refais mon Olympia à moi devant les chaises et les tables de ma chambre.

11 h : Je m'endors avec mon gros chat roux dans les bras en oubliant d'éteindre la lumière.

Aujourd'hui, je me suis donné les moyens de mes ambitions. Après deux heures devant ma glace à me maquiller en femme-bonbon, la première chose que Friflo trouve à me dire en rentrant dans le salon bleu c'est : « Va te débarbouiller! » Il me préfère nature, sans maquillage, comme je suis! Comment être comme on est, quand justement on ne sait pas ce qu'on est? Il ne sait pas me répondre mais il me trouve un surnom à la place : Vagabonde! J'ai beau lui expliquer que je ne compte pas faire le voyage aux États-Unis en roulotte, rien n'y fait, c'est « *Vagabonde, sers-moi un Perrier* », ou bien « *Vagabonde, à toi de jouer!* » Il met quatre conditions à mon vagabondage chez les Yankees, la première : me faire vacciner; la deuxième : ne pas manger de hamburgers (ça rend bête!) et la troisième : interdiction de sortir le soir. Quant à la quatrième, c'est que j'écrive à M. Solie pour donner de mes nouvelles, mais là, je dis non. Mes fautes d'orthographe n'intéressent ni le KGB, ni la CIA, ni la SAVAC ou le FBI et nous convenons que je téléphonerai au banquier en début de chaque semaine. Lorsque soudain on frappe à la porte, il s'excuse et disparaît dans la pièce à côté.

Voilà où j'en suis à une semaine de mon départ (encore 68 heures et 30 secondes exactement!). J'attends! j'attends! j'attends! D'ailleurs je l'attends tellement bien que je ne l'entends pas rentrer, il a l'air soucieux, que se passe-t-il?

Des étudiants ont mis le feu aux autobus de leurs écoles pour protester contre les mesures qui les obligent à prendre les mêmes transports en commun que les filles. Quelle drôle d'idée! Pour le Shah les étudiants sont des grands naïfs qui se font manipuler par les Mollahs. Il m'explique que toutes les guerres dans l'histoire de l'Iran ont toujours éclaté sous des prétextes religieux. Ce qu'il ne comprend pas, c'est que les mêmes gens qui manifestent sont les premiers à bénéficier du progrès et à s'acheter une voiture américaine au lieu d'une paire de chaussures convenable pour leurs enfants. Pour lui l'argent est monté trop vite à la tête des Iraniens et il n'a pas eu le temps d'entrer dans la culture du pays, comme en France (la France est une vieille Junkie qui sait parfaitement calculer sa dose, tandis que l'Iran prend n'importe quelle drogue, sans s'inquiéter de savoir ce que c'est...). Comme dit la Palatine, je commence à croire que si j'étais moins sous-développée, j'aurais peut-être pu l'aider... Mais il y a toujours une petite voix en moi qui me souffle : « Si tu commences à faire la raisonneuse, tu perdras ta féminité et les hommes te fuiront. » Que c'est bête! Le prince Muichkine s'est levé pour partir, en emportant la statuette en cire de Poil de Carotte. Et quand il descend le grand escalier devant tout le monde avec ma sculpture sous son bras, qui ridiculise encore plus la solennité de sa démarche, cela devrait me donner envie de pouffer de rire, eh bien pas du tout, il dégage une telle solitude que j'en ai les larmes aux yeux. Après son départ, personne n'ose me demander chez quel antiquaire j'ai trouvé cette œuvre d'art, et M. Solie me témoigne un respect inattendu comme si à travers la statuette j'avais réussi à imposer toute ma personnalité.

Les jours font la queue avant le départ. Puis enfin, c'est le grand jour, le jour du débarquement. Tin-Tin-Tin... Tin! Ici Radio Téhéran : les sanglots longs de mon Shah blessent son cœur d'une langueur monotone! Le capitaine Amir va vous parler : « Soyez prête avec vos valises à 9 heures. »

Débarquement sans surprise, tout le monde l'attend à Orly, Nadine, Gérard, sa mère et Rémi, son frère à la mobylette. Alors! raconte... Que fais-tu toute la journée? Pour ne pas les décevoir, Mimi invente des bals en robes du soir et en rajoute un peu sur les beautés de la Perse afin que sa mère remarque son sur-développement. On la trouve changée, plus grasse pour Nadine, plus femme pour Gérard et encore plus *conne* qu'avant pour son frère Rémi. Marie passe trois jours à Paris, trois jours où les ennuis ne font que commencer. Pour sa Bonne-Maman, elle fait joujou dans un kiboutz, pour ses voisins elle se drogue aux Indes et pour ses copains de théâtre elle tourne un western spaghetti à Cinecittà. Il est urgent de mettre tout le monde sur la même chaîne, alors Marie vote pour le médecin israélien.

A New York, elle passe une semaine chez les Boulanger, des amis de sa tante-machin. Ils ne sont pas drôles les Boulanger, surtout leur fille Cécile qui partage la même chambre que Mimi.

Cécile suit la dernière méthode américaine pour maigrir en dix cassettes. Le soir avant de s'endormir, elle branche son magnétophone afin de suivre son régime pendant la nuit. Une voix nasillarde rabâche pendant le sommeil de la patiente en lui expliquant que si elle ne perd pas trois kilos, son patron ne lui donnera pas l'augmentation qu'elle escomptait, et plus personne ne voudra l'inviter à un cocktail. « Chez Bloomingdale, on ne fait plus la taille ogresse mais ce n'est pas une raison pour empêcher les autres de dormir ! » ronchonne Mimi en essayant de trouver le sommeil. De la Big City, elle passe à côté de tout, sa vie en Iran l'a rendue complètement introvertie et paranoïaque. Lorsqu'elle sort acheter un paquet de cigarettes à un bloc de chez elle, c'est toute une histoire et Cécile Boulanger est obligée de lui servir d'éclaireur. Quatre jours avant la date prévue, Marie descend en Louisiane chez Mme Napolie, qui habite une des plus jolies rues de la Nouvelle-Orléans : l'allée des Pirates. Mme Napolie est une fervente mormone et dès qu'elle voit cette petite Française aux joues encore fraîches, elle se met en tête de la convertir. Mimi se voit trimbaler comme un petit paquet « made in France » de réunion en réunion et de colloque en colloque religieux où les fidèles sont tous plus tordus les uns que les autres. C'est un défilé de maigrichons, de lunetteux, d'obèses, et très vite Marie revient au Petit Chose, le Petit Chose au moins, lui, est beau. Mme Napolie est aussi la présidente d'un club de veuves où deux trois grands-pères viennent *traîner pantoufle* le dimanche à l'heure de l'apéritif. Et Marie devient vite la coqueluche du club, où toutes ces petites vieilles la gavent « d'ice cream » du matin au soir. Elles lui apprennent aussi l'art de poser des faux ongles et aussi l'art de ne pas les décoller en mangeant du homard chez des amis. Mimi est ravie! Hélas tout aurait été pour le mieux si les veuves n'avaient pas toutes un neveu à caser... Un soir sur trois, la Française est de corvée de cinéma avec un de leurs rejetons qui sont tous des remèdes contre l'amour... Et au bout de la cinquième séance, Mimi ne peut plus voir ni un neveu, ni une tante en polaroïd.

Alors, comme Mme Napolie doit partir au Texas dans une clinique de chirurgie esthétique, où elle a réussi à obtenir un prix de groupe sur les lifting, Marie décide de faire le voyage avec elle; dans l'autocar, la veuve lui fait voir le catalogue avant et après travaux où elle s'est choisi un ravalement à la Liz Taylor. A Houston, fatiguée de jouer les globe-trotters, Marie abandonne son club de futures jeunes filles et saute dans le premier avion pour la France. A Paris, elle prend le train pour rejoindre sa mère à Cabourg. De Cabourg? Rien à raconter, sinon les mortels tours de digue entre la Palatine et la duchesse de Bourgogne, qui a épousé un mari tout tordu, *très chère!*

Je n'ai pas vu le Shah depuis un mois et des pétales, lorsque j'arrive au palais des miroirs. Les retrouvailles, c'est le dessert des amoureux : on a envie de tout et on ne sait pas par quoi commencer. Les baisers se gardent pour la fin tandis qu'on savoure seconde après seconde le silence de ce petit miracle, en se faisant l'amour par les yeux. Puis viennent les mots qui fondent lentement dans la bouche, où chacun se raconte à feu doux sa recette contre l'absence. Pour nous tout va bien : c'est la même. Nous sommes à égalité partout, une nouvelle partie peut commencer où le premier qui sera le moins amoureux aura gagné.

Les congés payés d'un empereur, ça n'est pas folichon-folichon : bain de mer en famille, ski nautique en famille, et à l'heure de la sieste : lecture en famille à l'ombre d'un parasol. Pour la première fois, il me parle de l'impératrice avec un mélange de respect et d'amour qui me rassure, je n'aime pas les hommes qui disent du mal de leur femme. Quand c'est à mon tour de raconter, je survole New York, la Louisiane et le Texas en quelques phrases, pour qu'il me reste le temps de faire une escale entre ses bras avant qu'il ne décolle pour sa politique. Mais à mon invitation au voyage, il veut me faire faire des analyses pour vérifier si je n'ai pas attrapé un virus au Texas. D'une phrase, il a soufflé sur mon nuage et je tombe, mon amour s'écrase en mille morceaux sur le carrelage de son cœur. Pourtant je dis *oui*, et je le suis sans résister dans un salon où un médecin en costume trois-pièces impeccable m'attend pour me faire une prise de sang. Je dis encore *oui* au vampire à la seringue qui s'inquiète de savoir si ça fait mal, et toujours *oui* à Friflo qui me demande si je veux une coupe de champagne pour me remettre de mes émotions. Je dis *oui* comme je respire et je respire de plus en plus mal à côté de ce costume trois-pièces qui me colle une étiquette sur le bras en me pinçant la joue :

« C'est bien, on a été courageuse ! » De quoi le Shah a-t-il si peur ? Que cherche-t-il dans sa prise de sang, la fidélité ? La pureté de l'âme ? Le cancer communiste ? Le virus de hamburger ? Pas du tout, le docteur chat cherche des amibes, la fièvre jaune, l'intoxication alimentaire, on ne sait jamais, c'est plus sûr, me dit-il. Ce qui est sûr, c'est que j'ai attrapé des cafards dans la tête avec toute cette histoire. Et puis il y a cette fatigue qui m'envahit depuis la prise de sang. Je me pose des questions et je ne trouve plus les réponses. Est-ce suffisant de dire qu'on est amoureux pour aimer n'importe comment ? L'amour, est-ce un don du ciel ou un travail d'artisan? Un début, une fin? sa vie ma mort? ma vie sa mort? Il me faut au moins deux coupes de champagne avant d'imaginer que c'est peut-être un métier de bijoutier, où il faut ciseler son caractère dans l'autre, pour réussir à faire *tric-trac* ensemble. Quand j'en suis à la quatrième coupe, Friflo continue à *Tric-tricquer* dans ses rêves tandis que je *trac-tracque* dans la mélancolie des bulles du mousseux.

Lorsque soudain, juste au moment où nos regards se croisent et s'unissent dans un même mouvement, la pendule se met à sonner, et il doit s'en aller. Il m'annonce qu'il ne pourra pas me voir avant quatre ou cinq jours, car il doit partir en Pologne. Ce que je ne comprends pas, c'est qu'il insiste pour que je n'en parle à personne (c'est un voyage top secret!). Précautions peu nécessaires, vu la vie de Patachon que je mène ici!

Dès que la caravane de ses voitures disparaît au bout de l'allée, je fonce sur le téléphone pour tout raconter à la Palatine... Non, pas le voyage en Pologne! La prise de cœur du costume trois-pièces!

Ce que j'aime chez maman, c'est qu'elle peut avoir des crises de génie. C'est la seule personne qui est capable de finir de laver la vaisselle tout en commençant la révolution avec les voisins du dessous, qui veulent prendre des mesures contre le syndic de l'immeuble. Comme une vraie mère elle me défend aveuglément et généralement quand j'ai tort. Gare à celui qui touche au catogan de sa *fi-fille*, elle est capable de le tuer! La même personne qu'hier elle vous servait à toutes les sauces peut finir aujourd'hui en restes pour le dîner de la vieille dame du quatrième qui n'a plus de dents, *très chère*! La pauvre!

« Mimi, pour une fois écoute ta mère : les Napoléon passeront toujours avant les Parmentier! Quitte cet homme, tu vaux beaucoup mieux!

– Comprends pas les Parmentier?

– C'est l'homme qui a inventé les pommes de terre!

– Et alors, quel rapport?

– Ça veut dire que si ton Shah continue comme ça, il finira comme Parmentier sans laisser de traces dans l'histoire de son pays, tu comprends? »

Je ne comprends rien, mais ça n'est pas grave. J'imagine Friflo en steack haché, allongé entre deux couches de purée et j'éclate de rire. C'est vrai qu'elle est drôle ma mère! Je raccroche et me faufile à travers les draps glacés de mon lit pour faire la sieste. Je ne sais pas ce que j'ai en ce moment. Avant d'éteindre la lumière, je jette un dernier coup d'œil aux photos de David Women qui tapissent les murs de ma chambre-musée : David le cow-boy des villes, David le bachelier, David l'espion de la Maison-Blanche, David le jooger-man... Ne t'inquiète pas, je t'aime avec ou sans épinards, mon gentil Popeye! Telle mère, telle fille! Charly ou David, les hommes sont un rêve de femmes, prisonniers à jamais sur les murs de leurs lamentations.

Lorsque je me réveille, il est cinq heures du matin, j'ai dormi dix-sept heures?

Je m'installe confortablement sur mon lit, ajuste mon walkman sur mes oreilles et dégaine mon capuchon de stylo comme un revolver pour cartonner dans la poésie. Pas moyen de tirer un grain de caviar de mon imagination somnolente : j'écris commme je bâille...

Vers neuf heures j'abandonne la poésie pour lire le journal qu'on m'a déposé avec mon petit déjeuner. Les nouvelles sont mauvaises. Au festival de Shiraz, une pièce allemande a fait scandale à cause des comédiens qui font l'amour tout nus sur scène. Le spectacle étant retransmis en direct sur des postes de télévision placés dans toutes les ruelles du bazar de Téhéran, les marchands ont décidé de fermer boutique afin de protester. Évidemment du Fassbinder ou du Peter Handke ici, c'est encore une idée de génie! Il paraît qu'un journaliste iranien aurait jeté sa bouteille de

Coca-Cola à la tête d'un des organisateurs et qu'une... On vient de frapper. C'est la princesse qui fait irruption dans ma chambre pour me tirer du lit, elle veut que je l'accompagne dans un nouveau hammam *très chic*, qui vient d'ouvrir!... Pourquoi pas? Nous débarquons dans une espèce de long dortoir étagé, avec une multitude de petites cabines en bois sur les côtés qui servent de vestiaire. Dès notre arrivée, une dame Tartine au regard de nourrice nous distribue un numéro avec une pile de linge blanc en toile grossière sur laquelle est posée une paire de sandales en osier. Mais ma princesse a dans son sac de Mary Poppins un matériel de poupée jolie qui fera mieux mon affaire. *Un, deux, trois* : nous voilà toutes nues. *Quatre, cinq, six* : sans bijou, sans maquillage, ou coiffure sophistiquée, dénuées de tous artifices. C'est alors que je découvre que mon amie a le ventre lacéré par une gigantesque ride, blessure de guerre de sa dernière césarienne, qu'elle exhibe avec une fierté douloureuse à la face de mon appendicite.

Nous pénétrons à l'intérieur d'une grande salle aux murs couverts par une mosaïque gréco-romaine où des centaines d'Eve de tous les âges déambulent, un élastique attaché à la cheville sur lequel est inscrit le numéro de leur cabine. On se croirait en prison, personne ne regarde personne et chacun a les yeux rivés sur son nombril. Quelques femmes-baleines aux turbans colorés flottent à la surface des eaux brûlantes en s'observant comme des sous-marins atomiques. Pas un corps pour narguer l'autre, pas un corps égoïste et indépendant, pas un corps pour le plaisir dans ce troupeau de Renoir déformés à jamais par les traces d'accouchements successifs. Je m'allonge sur un banc de pierre dans une minuscule pièce baignée par la vapeur, où nous devons être une trentaine à coquillager sur une fausse plage parfumée à la fleur d'oranger. La brume qui enveloppe les femmes d'un léger voile de mariée cache les disgrâces de leurs chairs et soudain les Renoir se font Matisse. Affalée, comme une limace dans le brouillard, j'étouffe dans cette fumée d'eau. La chaleur me fait pleurer des larmes en diamants qui brillent sur ma peau blanche et toutes les cinq minutes je sors me plonger dans un bassin d'eau froide où des femmes piapiatent tout autour de moi. Je suis sûre qu'elles s'échangent des recettes pour faire croquer la pomme à leur mari ce soir.

Et pia-pia-pia... J'ai les jambes plus longues que toi! Oui, mais moi j'ai la taille plus fine, *na!* Tout à coup je me sens la plus nue de ces abeilles aux teintes dorées. Elles n'arrêtent pas de se mesurer, de se comparer, de se rassurer... Mais non, tu n'es pas grosse! et puis les hommes préfèrent les poignées d'amour aux tas d'os, c'est connu! Ah bon? Mais oui! Mais oui!... Quelques petites filles qui s'ennuient en attendant leurs dix-huit ans regardent avec admiration leurs mères s'enduire les cheveux de henné; tandis que deux trois grand-mères lézardent sous les mains d'un masseur aveugle qui fait tomber toutes leurs peaux mortes en les frottant au gant de crin. Après m'être fait retourner comme de la pâte à crêpe par une grosse dondon de jeux Olympiques qui m'a malaxé les muscles pendant une demi-heure je quitte cette ruche aussi abrutie que si j'avais été faire un tour dans la machine à laver le linge de ma mère.

Pourtant, comment les hommes peuvent-ils encore penser que Dieu n'est pas une abeille...

Depuis quelques semaines, j'ai pris l'habitude de lire le journal de Téhéran, quotidien local écrit en français qui consacre sa « une » aux activités des souverains. Au début, cela partait d'une bonne intention, je voulais me tenir au courant de son travail pour en parler avec lui, et puis cela a vite dégénéré en espionnage. Par exemple ce matin, je lis en gros titre : « LORS D'UN VOYAGE OFFICIEL EN POLOGNE, SA MAJESTÉ LE SHAH A RENCONTRÉ LE SECRÉTAIRE GÉNÉRAL DU PARTI COMMUNISTE EDWARD GIEREK. »

En dessous, il y a une photo des deux hommes assis côte à côte, tous sourires dehors. Je n'y comprends plus rien, je croyais que c'était top-secret? Ce que le journaliste ne dit pas, c'est que le Shah n'a pas visité que la Pologne et que son voyage a duré deux jours de plus que prévu... En tout cas, il est revenu conquis par les Polonais, qui lui ont réservé un accueil très chaleureux paraît-il. Étrange cet homme! Lui qui, hier, descendait en flammes tout ce qui était rouge aujourd'hui, s'emballe comme un jeune amoureux! « La foi religieuse de ce pays m'a beaucoup ému. Je me sens plus proche d'eux que des Américains, me disait-il encore la semaine dernière avec un accord de violon dans la voix. Les uns ont encore une âme, tandis que les autres n'en ont plus. » Une chose est sûre, il faut que je perde l'habitude de lire cette sale feuille de chou qui n'intéresse que ma jalousie maladive. Il y a des jours comme aujourd'hui, où je ne peux pas m'empêcher de penser à cette Mme Pomme et tous ses bonbons. Il y a toujours une petite voix au fond de moi qui me chuchote : « Si ça n'est pas avec toi, avec qui? » Voilà tout ce que ma petite cervelle au chômage trouve pour occuper ses journées. Hier, Amir a insisté pour que je l'accompagne voir un match de tennis au club impérial. Eh bien, au lieu de regarder gentiment la partie, je cherchais dans les tribunes, celles de toutes ces femmes qui auraient pu être susceptibles d'être ses maîtresses. Impossible de fuir ces fantômes que je voyais systématiquement plus belles que moi et ayant inventé au moins une fois dans leur vie la roue carrée. Alors l'engrenage s'est mis en route et pour m'anesthésier de ma jalousie, j'ai fait des caprices... Le dernier? Un palais pour moi toute seule! Mais je parle, je parle... A l'heure qu'il est, je devrais déjà être au salon bleu! vous n'avez qu'à vous cacher derrière les rideaux, on y voit très bien.

Mais surtout, n'essayez pas de lui faire la surprise COUCOU ME VOILÀ, ou de bondir derrière son dos en criant HOU, il a horreur de ça, je l'ai déjà fait et je ne suis pas prête de recommencer... C'est à cause des attentats, il en a déjà eu trois! *Le premier* le 4 février 1943, qui est encore un petit chef-d'œuvre d'Allah (une balle à l'épaule gauche, et une autre à la pommette droite). *Le deuxième?* heu! Le 10 avril 1964! Alors qu'il travaillait dans son cabinet de travail, par un soldat d'extrême gauche qui fut gracié. Le *troisièmeeeeee...?* j'ai oublié, c'est pas grave. Bon j'y vais!

Alors? Vous n'avez rien vu? Je suis désolée, reprenons!

A peine m'embrasse-t-il, que je sens tout de suite qu'il me cache quelque chose. Il éteint les lumières sous prétexte qu'il a mal aux yeux et vient s'asseoir à côté de moi en commençant à me parler de la rentrée scolaire avec autant de naturel qu'un fantôme en tchador blanc. Nos deux silhouettes découpées sur le canapé projettent leurs ombres sur le mur en donnant l'illusion d'un théâtre chinois. Quand brusquement deux portes s'ouvrent sur une boule de flammes roses qui fait basculer le bleu du salon dans l'enfer des violets. Elle s'avance vers moi en faisant exploser sa lumière étoilée sur le plafond, qui se transforme en carte du ciel. Pendant un court instant, je crois à un feu d'artifice, mais très vite la magie s'évanouit en fumée : l'étoile filante se fait gâteau d'anniversaire sur une table roulante poussée par deux jumeaux. Mille milliards de sabords! On est le 22 octobre! C'est *my birthday* et je l'avais complètement oublié. Qui le lui a dit? Je suis si émue que je reste immobile, les yeux écarquillés en fixant les taches lumineuses de peur qu'elles ne s'éteignent... Lorsque tout à coup j'entends une belle voix méditerranéenne entonner « petit papa Noël », c'est Tino Rossi! Je rêve ou on est le 25 décembre? Je cherche Tino et je découvre un magnétophone caché derrière un pot de fleurs. Friflo pique un fou rire. Les deux organisateurs du son et lumière, eux, échangeraient bien leurs places contre celles des fruits confits du gâteau. En deux temps trois mouvements, les Doleimani détalent au rez-de-chaussée à la recherche de la bonne cassette et remontent cracher leurs poumons sur la malheureuse charlotte aux fraises. Puis Frank Sinatra donne le signal aux deux enfants de cœur qui reprennent en canon « Happy Birthday to you Marie ». Bien entendu, sur le gâteau ils ont oublié un « E » à Marie, enfin le principal y est : ma majorité toute neuve vibre au bout de dix-huit bougies blanches qui ont une allure des coton-tiges.

Je fais le plein dans mes poumons afin d'en finir avec tous ces bâtonnets trop sérieux qui attendent de me voir franchir l'âge de raison, en prenant des airs si théâtraux que tout le monde s'attend à un mistral. Hélas, ce n'est qu'un zéphir doux et chaud qui ne fait que trois morts. Alors j'adopte la technique du courant d'air qui a déjà fait ses preuves dans mon enfance. Bilan : quatorze morts. D'un soupir, j'abats les derniers témoins de mes dix-sept ans et gagne la croix de guerre sous les applaudissements. La croix de guerre? C'est une montre en diamants. J'aurais préféré la légion d'honneur, ça aurait fait plaisir à môman!

Dix-sept ans, porte 57

Dix-huit ans, l'âge ou l'on rentre dans la vie! Depuis que je suis née, je ne cherche qu'à en sortir.

Après le départ du Shah je cours rejoindre le personnel du palais qui m'a préparé une petite surprise-partie dans le bureau du banquier pour fêter mes dix-huit illusions. C'est très beau, un immense gâteau au chocolat d'au moins soixante centimètres, au sommet enneigé de crème chantilly, brille dans la nuit. On en profite pour célébrer mon départ. Mon départ? Je n'en ai pas encore parlé par superstition, mais puisque c'est sûr, je peux bien le dire maintenant : je déménage! Je vais habiter une maison pas très loin d'ici où je vivrai toute seule, mais vraiment toute seule, sans banquier, espions ou Amir en tout genre... C'est moi qui l'ai voulu.

Au point où j'ai engagé ma vie, autant prendre de bonnes habitudes tout de suite, non?

Un convoi de quatre limousines transportant trois malles de blue-jeans, la sono de l'Olympia, une cage à oiseaux vide, un chat roux, des sacs de poèmes, une panoplie de super-Godard, un musée David Women, un atelier de sculpture, sept peignoirs de bain (une couleur différente pour chaque jour de la semaine), une paire de chaussures à talons vertige, cinq panthères en peluche (la mère, le père, l'enfant, la belle-mère, l'amant, l'invité), dix-huit ans dans un cartable, et une brosse à dents démarrent lentement à travers l'allée du parc. Je trimbale toujours ma vie dans mes valises, mes rêves dans mon cartable et ma tête dans mon sac à main... Arrive derci mister Solie!

A chaque fois que je quitte un endroit, j'ai le cafard. Je m'attache plus aux maisons qu'à leurs propriétaires, j'ai la main meuble, j'investis les lieux en les marquant sur mon passage de mon empreinte jusqu'à ce qu'ils finissent par me ressembler. Lorsque le cortège de voitures s'immobilise face à une porte en bois sculpté blanche, je suis tout intimidée, comme si ce premier contact avec la maison allait être décisif pour ma vie future. Quand elle s'ouvre le rendez-vous d'amour n'a pas lieu : la maison n'est pas belle et son jardin est trop petit, *j'en étais sûre!* Attends Mimi! Pas si vite : le jardin est petit mais il y a de magnifiques massifs de fleurs. Et puis si tu n'aimes pas son visage en béton gris, tu n'auras qu'à faire pousser du lierre sur ses joues, ça lui donnera meilleure mine... C'est ça, une maison à barbe! Et du lierre en Iran! En l'espace de quelques secondes, j'échafaude des plans, mais cette maison semble avoir mauvais caractère, quelque chose me dit qu'elle ne m'obéira jamais et que c'est moi qui finirai par lui ressembler. Un homme d'une cinquantaine d'années se précipite vers nous : « Marie, this is Fati! – Fati, this is miss Labé! » L-E-B-E-Y! Oh! ce qu'il peut m'énerver celui-là, depuis le temps il pourrait faire un effort... Fati a une poignée de main comme je les aime, OUF! Comme il ne parle pas l'anglais, il me fait ses politesses par onomatopées : « Moi Tarzan! Fidèle serviteur de sa majesté... Toi Jane, petite Française au nez en trompette! – C'est une maison à quatre étoiles ici miss Bébé! » bredouille 007 avec un sourire en forme de banane. « Fati s'occupera du ménage, sa femme de votre linge et son cousin de la cuisine, tout reste en famille ici! Hi, hi, hi, hiii! » Très drôle! Nous pénétrons dans un grand salon bleu (encore!), avec de la moquette bleue (!), un canapé bleu (!!), des rideaux bleus (!!!), des abat-jour bleus (!!!!)... Cobalt, ardoise, outremer, pétrole, aigue-marine, turquoise... Il ne doit plus en rester une goutte dans le ciel ! Pourtant ils sont orchestrés d'une telle façon, qu'aucun ne nuit à l'autre. Malgré les volets tirés qui étouffent la lumière du jour, les murs capitonnés de soie recréent une transparence que je ne me souviens avoir vu que sur la robe de lune de Peau d'Ane.

Si mon salon était un parfum, il serait le plus lourd de chez Guerlain, aussi enivrant qu'écœurant; et si c'était une voiture, ce serait un des traîneaux de Louis II de Bavière. La salle à manger? Elle est déjà plus sobre : une table et six chaises victoriennes en acajou foncé, deux dessertes avec de belles plaques de marbre blanc et une console en marqueterie aux pieds arrêtés par des griffes de lion. Pourtant en levant le bout du nez, j'aperçois une couronne médiévale en guise de lustre, qui vient tout gâcher... têtue cette maison ! Sans visiter les cuisines, je monte directement au premier étage.

J'ouvre une première porte, puis une deuxième, une troisième : toutes les chambres ont les yeux bleus ! Quelle déception ! Au bout du couloir, il y en a une que je n'avais pas remarquée, je la pousse... Enfin des vraies couleurs ! Des jaunes, des rouges, des oranges et des verts explosent dans la lumière du soleil qui flambe de tous ses rayons sur un mur où des centaines de papillons s'envolent vers le plafond. Merci Amir ! Ou plutôt merci John pour son influence sur les voilages en dentelle du lit à baldaquin ! *Very romantic!* Quelques meubles en paille, fragiles et nerveux, sont posés comme de gros insectes sur un parquet de bois clair.

Quant à la salle de bains c'est un aquarium avec des murs de laque gris où des poissons rouges dessinés à la main nagent sur les vitres des fenêtres.

Encore merci Amir! Ce n'est que lorsque je redescends au salon pour déballer mes valises, que je m'aperçois que j'ai perdu mon gros chat roux. Poil de Carotte? Poil de Carotte? Ce qu'ils peuvent m'agacer tous à hurler à travers le jardin, comme si c'était un chien! Mon chat n'a jamais obéi à personne et encore moins quand on l'appelle. Au bout d'une heure de recherche, tout le monde s'en retourne bredouille chez lui, avec la promesse de retrouver mon chat. Pendant le dîner je prends des grands airs dans MA salle à manger, et bois MA soupe, pardon MON consommé d'écrevisses, en regardant d'un air méchant MA couronne médiévale qui pend au-dessus de ma tête, dans MON rez-de-chaussée. Fati vient de me déposer un plateau de brochettes de poulet que je ronge jusqu'au bâton, c'est terrible, depuis quelque temps ma vie commence à devenir intéressante aux heures des repas! Je me sens à vingt mille lieues sous la mer dans cette maison bleue. Comme c'est triste la vie en bleu! Brusquement, j'ai le blues, la déprime, et mon bel enthousiasme de vivre toute seule coule à pic : il n'y a plus rien dans mon assiette, plus de valise à défaire, plus de palais à trouver, plus de Doleimani à dénigrer et plus de Shah à séduire...

Clouée aux murs de ma chambre avec les autres papillons, j'ai beau me repasser dans ma tête une centaine de fois la scène de tout à l'heure, je n'arrive pas à me rappeler la nature exacte du geste qui nous brouilla tous les deux. Le mouvement m'a échappé comme une flèche sans que j'aie le souvenir d'avoir tendu mon arc. Une gifle me dit-on?

Je lui ai juste tapoté la joue. Un peu fort je l'avoue, mais c'était pour jouer, comme j'aurais pu lui donner un baiser! Mais ce n'était pas un baiser. Tout a commencé dans les rues de Téhéran, sous la neige. J'étais à la recherche d'un bloc de cire pour la grande fresque que m'avait commandée Friflo. Quand, soudain, noyée par la foule d'indigènes basanés, j'aperçus un scalp scandinave blond platine, traverser le passage clouté. Autant imaginer un collant DIM déambuler dans une mosquée! Le temps pour mon imagination de faire trois petits tours et puis de s'en aller, c'était trop tard : impossible de retrouver le mode d'emploi de ma raison! Cette Marilyn des rues qui n'avait qu'un péché : sa blondeur n° 6 de chez l'Oréal, devint une bombe sexuelle prête à exploser dans les bras du Shah, dont la fidélité m'apparut soudain cousue de points de suture. De retour au palais, j'éclatai de colère et éclaboussai Amir au passage de réflexions désagréables. La nuit ne me fut d'aucun conseil, ni David, ni Mozart d'ailleurs, je me réveillai le lendemain d'une humeur meurtrière et tout alla très vite...

A une heure j'étais sur ses genoux, blaguant avec lui pour lui faire avouer sa liaison avec le scalp jaune; quand avant même qu'il puisse plaider coupable : ma main droite alla chercher la vérité sur sa joue gauche. Le temps s'arrêta...

Toutes les mouches du salon se retirèrent sur la pointe des pattes, en sentant qu'elles dérangeaient, pas fines pour rien les mouches! D'un regard glacé, Friflo m'envoya au coin. C'était la fin de la récréation. En me saisissant brusquement par le poignet, il me força à m'asseoir à côté de lui, et j'obéis. J'obéis seulement aux hommes que j'aime... J'ai l'habitude, déjà mon père ne voulait plus déjeuner en face de moi lorsque ma mère m'avait coupé les cheveux et m'avait envoyée à la cantine jusqu'à ce qu'ils repoussent. « Tu ne sais pas à qui tu parles! » me dit-il d'une voix sèche. C'était la première fois que je lui entendais cette voix-là, claquante et dure. Le prince Muichkine s'était métamorphosé en Richard III. La peau de son visage était si tendue qu'on aurait pu y jouer du tamtam, son regard brillant fixait désespérément avec obstination un point dans le vide entre le chandelier et la pendule. Je mis sur le compte d'une humeur d'Oriental son attitude de paratonnerre écrasé par la foudre. Je bredouillai des « Je ne l'ai pas fait exprès! » des « C'était pour rire! », mais il ne rit pas. Il était là étouffé dans son costume à rayures, immobile et blanc de colère. Dix minutes passèrent sans qu'il ait bougé de son canapé. Je commençais à avoir peur, il me faisait peur. Toutes mes belles phrases tombaient à l'eau. Plus je m'excusais, plus il se figeait. J'avais l'impression de faire du bouche à bouche à un noyé. Je remplaçai les mots par les larmes, mais je pleurais mal, je pleurais de l'eau bénite et si ça continuait j'allais être à cours d'eau. Alors je mis de côté un petit bidon de secours au cas où il ne m'aurait toujours pas pardonné et j'essayai le silence, mais même mon silence pleurnichait. Soudain une première secousse apparut, son menton se plissa et il toussota. Puis ce fut le tremblement de visage, la montagne rocheuse de son nez se mit en branle le temps d'éternuer, il se moucha. Puis, ni vu, ni connu, le mouchoir reprit sa place dans le veston, le nez sur le visage et le visage son masque mortuaire. Je luttais pour ne pas pouffer de rire nerveusement. J'avais peur, je l'aimais ou avais-je pitié de lui? Dans mon cœur je labourais ma grammaire amoureuse dans tous les sens en essayant d'y faire pousser des phrases, mais les mots s'étouffaient morts-nés dans son silence. Alors j'ouvris le bidon de secours et cette fois-ci, les larmes coulèrent toutes seules en rang de perles. Je savais que s'il se sentait le plus fort, il me pardonnerait. Ça marcha! Un arc-en-ciel se dessina sur ses lèvres et il allait presque sourire... Ça y était! Il avait souri. Il s'était levé en se dirigeant lentement vers la porte et me lança du bout des lèvres : « Quelle comédienne! Tu aurais dû continuer ton théâtre. » Puis il s'en alla. Une heure et demie s'était écoulée pour obtenir cette phrase et plus d'un an depuis que j'avais quitté ma famille.

Dans ma maison sans barbe, emprisonnée avec les papillons du papier peint de ma chambre, je m'accroche au téléphone pour essayer d'en sortir. Mais qui appeler? Sans l'autorisation du Shah, je ne trouverai jamais personne pour me prêter de l'argent pour rentrer à Paris. Depuis que je vis ici, je n'ai jamais eu entre les mains de quoi me payer un paquet de cigarettes; mais au moins quatre banquiers prêts à m'acheter tous les bureaux de tabac de la ville au moindre claquement de doigt. Alors je finis par appeler la Palatine pour me faire consoler. Erreur! Pour elle tout ce qui porte un uniforme a raison : les bonnes sœurs, les maîtres d'hôtel, les contrôleurs de la SNCF, les De Gaulle et les Napoléon... de toute façon elle ne peut pas m'envoyer un mandat, je ne connais même pas mon adresse ici! On ne me laisse jamais sortir seule dans la rue, alors je n'ai pas pensé à la demander... Si on m'assassinait demain, personne n'en saurait rien! Maman aurait bonne mine, allant au commissariat de police pour porter plainte contre le Shah d'Iran... « Vous avez des preuves? – Oui commissaire, ma fille a pris quelques polaroïds... – Bon, embarquez-moi tout ça : direction Sainte-Anne!

– Mais écoutez je vous jure... – Oui, oui, c'est ça! Et moi mon fils a été enlevé par la reine d'Angleterre!... – Mais attendez, je viens de me souvenir que ma fille a pris des films super-huit de son palais avec la caméra d'Amir! – Amir? Elle en a de bonnes fréquentations vot' fille! Avec des Arabes en plus, moi si j'étais son père... » Sans attendre une minute de plus, je fonce m'enfermer dans la chambre aux yeux bleus, pour visionner mes films. La chambre aux yeux bleus? C'est le cadeau que m'a fait M. Solie pour me consoler de la mort de Poil de Carotte. Poil de Carotte est mort, il s'est fait écraser par une voiture. Enfin c'est la version officielle! A mon avis c'est un assassinat, mon chat n'avait pas une tête à mourir d'un accident de la route et je soupçonne le Banquier d'avoir voulu sauver ses tapis.

Après sa mort j'ai jeté mon cartable à la poubelle et mes poésies avec. Je fais du cinéma depuis. Au début je tournais des films d'auteur, genre la vie des bêtes avec les fourmis du jardin comme tête d'affiche; mais maintenant qu'il neige, je n'ai plus d'acteurs, alors je filme la vie des meubles de mon salon. Comme personne n'a réussi à m'expliquer comment marche le son de ma caméra, le film qui défile devant mes yeux est muet. Tout est comme ça dans ce pays! Juste au moment où Sépideh s'agite dans les eaux du golfe Persique, Amir surgit derrière son dos en me faisant une peur bleue...

Vu l'heure tardive, je n'ai pas besoin de sous-titre pour comprendre que mes affaires avec le Shah ne s'arrangent pas. D'une voix pleine de compassion, mon ami m'annonce qu'il serait bien que j'aille me reposer une semaine à la montagne pour faire du sport, et *res-pi-rer!*

Comment appelle-t-on ça dans les films? Répudier? Exiler? Bannir? Congédier? Peu importe, je suis ravie! Quelque chose va enfin arriver, qui ne sera sûrement pas pire que cette vie monacale. Cet amour commençait à me rendre bête : je changeais, et lui voulait me garder telle que j'étais auparavant.

Pourtant les raisons que me donne Amir n'ont rien à voir avec le roman que je me suis inventé : des opposants au régime viennent de mettre le feu à un magnifique caravansérail d'Ispahan reconverti en hôtel et la réception tout en miroiterie qui avait coûté des fortunes au gouvernement a totalement brûlé. Amir me raconte la catastrophe avec un tel plaisir, que j'en reste bouche bée. C'est la première fois que je le vois sous ce jour, que de violence et d'hypocrisie derrière ses lunettes! Tout à coup j'oublie toutes les journées passées sur une liste d'attente à compter les papillons sur les murs de ma chambre pour retrouver l'état de grâce des premières fois, où l'incertitude protégeait l'amour.

Le lendemain, coincée comme une merguez entre deux tranches de Doleimani je regarde à travers les vitres de la voiture défiler la rivière qui borde la route de Dizine. Nous traversons les bidonvilles de la ville de Karadg qui sert de carrefour routier aux camions du monde entier. Puis nous longeons le fameux barrage dont Friflo m'a tant parlé, mais la saison du ski nautique étant terminée, nous ne nous y arrêtons pas. Un peu plus loin, sur les bords d'un lac, nous déjeunons dans un Casino qui est une filiale du club impérial des snobs de Téhéran. Le temps de nous promener à travers les réserves de chasse de la couronne, d'apercevoir deux trois biches flânant sur un rocher (ne bougez pas le petit oiseau va sortir clic-clac! merci), et nous voilà repartis en direction des montagnes. De tunnel en tunnel, la route n'en finit pas de tourner en me projetant d'un Doleimani à l'autre comme une balle de ping-pong. Après soixante-dix kilomètres d'un match sans pitié, nous atteignons la station.

Au bas d'une piste, deux hôtels et une vingtaine de chalets à louer s'enlacent dans la boue. Pas un grain de neige ou une branche de sapin à l'horizon; seuls un couple d'Allemands traînent leurs bottes sur un chemin goudronné. Nous débarquons dans un hôtel construit par le club Méditerranée au début des années soixante-dix, avec le projet d'en faire un lieu de vacances dans l'avenir. Drôle d'idée!

Pourquoi les touristes feraient-ils huit heures d'avion pour aller skier dans un endroit aussi laid? Même en Concorde, comme rêve le Shah! En tout et pour tout, on compte une boutique, où celui qui trouve un tube de crème à bronzer vieux de dix ans a gagné le gros lot. Un conseil, mon Shah : continuez d'aller passer vos vacances à Saint-Moritz, cela coûtera moins cher à votre pays! Ce que je peux être de mauvaise humeur aujourd'hui!

Mes gentils organisateurs sont adorables dans leurs affreux petits anoraks rouges, deux pommes à croquer *très chère.*

Et allons enfants de la patrie, le jour de gloire est arrivé! Nous voilà en tenue de combat chaussés d'après-ski, en train d'attendre au pied d'un téléphérique qu'un moniteur autrichien ait fini son sandwich... Encore quelques miettes à manger qui traînent sur sa combinaison (c'est toujours les meilleures!), et nous aurons peut-être une chance d'arriver au sommet avant le coucher du soleil. Le nez collé à la vitre, les 007 comptent leurs jours à chaque fois que la benne passe sur un pylône; tandis que je grille cigarette sur cigarette en inspectant mes mains sous mes moufles. Beau travail, Mimi, tu as des bouts de chandelles à la place des doigts! Doleimani m'interrompt dans mon grand nettoyage de printemps, pour me montrer le chalet du Shah au milieu de la piste. Mon Dieu qu'il est petit! 007 me rassure : c'est un refuge où il prend une tasse de thé entre deux chasse-neige...Ouf vous m'avez fait peur! Pour les gens « normaux » comme il dit, on construit un restaurant en haut des pistes... Ça tombe bien, on vient d'arriver, je vais pouvoir vérifier où en sont les travaux!

Je rajuste mes lunettes en descendant du téléphérique pour ne pas me faire repérer par le soleil qui mitraille de ses rayons le couple d'Allemands qui fait sécher ses bottes. « Guten tag! » me lance le mari en regardant le ciel... « Ya, yaa! belle journée! nice day! nice day!... » A l'école j'étais pas assez forte pour faire de l'allemand. Soudain je tombe face à face avec le fameux Demāvend, le mont Blanc local. Avec cette neige sur un de ses pics, il ressemble à une vieille dame qui aurait oublié un peu de crème fraîche sur le bout de son menton en buvant son chocolat chez Angélina. « C'est là que Fareydon a enchaîné le cruel géant Znnale, qui s'y trouve encore et dont les gémissements expliquent la manifestation volcanique... » m'explique avec emphase le moniteur autrichien. Comme c'est intéressant! dirait ma mère, on peut le voir? dit sa fille sous-culturée... « Mais c'est une légende mademoiselle!... » Ça va j'ai compris, dans ce pays tout le monde raconte des histoires!

Et puis, moi l'alpinisme? cela me rappelle les pique-niques des bonnes sœurs à Chamrousse, où il fallait chanter la bénédicité sous moins quinze degrés.

Le lendemain, il n'y a toujours pas un flocon de neige, sauf dans mon cœur qui tempête contre le Shah. Jusqu'à quand va-t-il me laisser enchaînée à cette montagne? L'orgueil c'est une faute d'orthographe qu'on ne devrait jamais faire en amour, elle coûte trop cher.

Assise en face du Demāvend, debout dans une benne ou buvant un chocolat chaud au bar, je peste contre l'invisible, l'inévitable, l'impassible Friflo qui me fait attendre. Lorsque au moment où je monte dans ma chambre, 007 m'annonce que les anges de Niavaran veulent que nous rentrions à Téhéran ce soir. Pourquoi? Mystère; les anges ne donnent jamais de détails.

A la réception c'est la panique, on ne trouve plus le chauffeur à qui Doleimani a donné sa soirée. Le temps de téléphoner aux anges pour nous en envoyer un autre, et c'est les lunettes de 007 bis qu'on ne retrouve plus. Nous quittons Dizine en abandonnant la paire d'yeux de Farad qui boude à l'avant de la voiture en ennuyant tout le monde avec sa fenêtre ouverte. Et nous atteignons Téhéran à quatre heures du matin, avec un début de grippe en supplément. A peine les Doleimani m'ont-ils déposée chez moi que tous les papillons des murs de ma chambre commencent à vibrer des ailes comme s'ils allaient s'envoler, c'est magnifique! Cela dure quelques secondes, puis leurs éventails colorés se replient sur le papier peint.

Je viens d'assister à mon premier tremblement de terre.

Le lendemain, au palais des miroirs, je suis très nerveuse. Ce que je redoute le plus, c'est qu'il me demande des explications sur mon comportement de la dernière fois. Que pourrais-je lui dire alors? J'étouffe? Je conjugue l'ennui à tous les temps? Quel programme! Plutôt mourir. Je n'aime pas les gens qui vomissent leurs déceptions en public ou ceux qui crient remboursez. Je préfère payer en souffrant toute seule dans mon coin et continuer à l'idéaliser. L'idéaliser c'est ma seule chance de croire en lui, en moi.

Quand Friflo fait son apparition vers deux heures, il est tout sourire et tout amour. Une fois de plus il n'est pas là où je l'attendais et il réussit à me surprendre...Mais qui est-il? Me voilà repartie pour un tour de manège. Le prince Muichkine veut fêter la signature du contrat que l'Iran vient de passer avec la France pour deux centrales nucléaires. *Musique, s'il vous plaît Maestro!* Quand je danse, tout tourne autour de moi et j'aime la vie toupie, la vie dans le brouillard. Et un-deux-trois : J'accroche mes bras en bouée de secours tout autour de son cou... Et un-deux-trois : Nous tourbillonnons sur nous-mêmes comme une hélice d'un bout à l'autre du salon... Et un-deux-trois : Une valse à trois temps souffle sur nos pieds qui font trois petits pas et puis s'en vont... Et un-deux-trois : Oh! Pardon! Je t'ai fait mal?

Pendant qu'il regagne sa place sur le divan, je vais changer de disque. Champagne! Tchin-tchin! A nous!

Be-ba-be-lou-là! My baby veut m'emmener avec lui aux États-Unis où il doit faire un voyage officiel! Be-ba-be-lou-là : J'ai dit à my baby que je n'avais pas envie d'attendre enfermée au fond de sa valise que Carter ait fini son discours. Be-ba-be-lou-là : My baby me propose de partir à la Martinique.

Je baisse la musique car nous avons à parler de choses sérieuses maintenant. Voilà le menu des festivités : dans un mois Friflo partira aux USA et fera une escale incognito à Paris. Il habitera à l'ambassade ou au consulat, selon ce que son service d'ordre décidera à la dernière minute. C'est à ce moment-là que je risque de le voir si tout va bien... Je devrai attendre chez la princesse qu'on me fasse signe. Puis il s'envolera pour Washington tandis que j'irai à la Martinique avec Sépideh. Nous devrons être de retour à Paris pour être là quand il rentrera sur Téhéran. Là encore, si tout va bien, nous nous reverrons...Puis je passerai les fêtes de Noël en famille; ce qui arrange tout le monde ici. Carter étant attendu en Iran pour le nouvel an, Friflo sera trop occupé pour me consacrer du temps. L'idée qu'on va se voir sur le sol de MON pays, dans MA ville, m'excite énormément même si c'est le même salon obscur aux rideaux tirés, les mêmes lustres en cristal, le même champagne. L'idée de passer deux heures ensemble dans la clandestinité et puis sauter dans un taxi en femme libre pour aller boire le thé chez Bonne-Maman qui discutera du prix de la laitue qui a encore augmenté, me paraît d'un romantisme fou. Friflo, lui, préférerait tenir l'assiette de petits gâteaux plutôt que d'aller jouer les épouvantails aux États-Unis. Il a appris dernièrement que des professionnels de la contestation subventionnés par la Libye, sont déjà sur place pour perturber son séjour. Mais pourquoi s'angoisser quand Allah est de son côté?

Il prend la nouvelle avec calme, la seule chose qui semble vraiment l'inquiéter, ce sont les étudiants qui ont reçu des bourses du gouvernement iranien pour suivre des études aux USA et qui veulent « casser la baraque » comme il dit.

Je n'ai jamais connu la vie d'étudiants, j'avais dix ans en Mai 68. Mais je me les imagine comme les derniers chevaliers des temps modernes et les empêcher de partir en croisade serait comme de vendre l'âme de son pays au diable. Friflo est d'accord, pourtant il voudrait une jeunesse sage, responsable, adulte, vieille quoi!

4.

A Orly, le tapis roulant des bagages en provenance de Téhéran défile à vide. Depuis maintenant dix minutes que Marie fait du stop devant cette autoroute miniature, plus une seule valise ne s'y arrête. Elle se tapote nerveusement la cuisse en soupirant : « C'est quand même bizarre! A chaque fois que je quitte l'Iran, on me pique quelque chose! La dernière fois c'était un tapis et maintenant mes bagages! Encore un coup de M. Soli sûrement! A chaque voyage, il tremble à l'idée que je puisse ne pas revenir! »

Lorsqu'elle débarque chez elle, c'est l'heure de déjeuner. Chez elle rien n'a changé, ou presque : la nouvelle coiffure « hérisson » de la Palatine et la télé qu'on a transportée à la cuisine.

« BONJOUR! » La famille « Untel » tricote ses spaghettis devant Yves Mourousi, le chou-chou de la mère. Et un spaghetti à l'endroit et un spaghetti à l'envers! Comme d'habitude Rémi prend tout le gruyère râpé et comme d'habitude sa mère l'engueule pour qu'il en laisse pour son frère Antoine qui ne va pas tarder à rentrer. Soudain une image vient tacher le chemisier de la Palatine qui s'étouffe dans son verre de vin. C'est un reportage sur une manifestation organisée contre la venue du Shah d'Iran en France et des hommes défilent avenue d'Iéna devant l'ambassade en scandant « A mort le tyran ». Silence de cafetière qui goutte dans la cuisine des Untel, la pelote de nouilles qui s'enroule autour de la fourchette de Mimi tout à coup s'effondre dans son assiette; elle a les yeux figés sur le poste. Il n'y a que Rémi pour continuer à promener son nez en laisse tout autour de l'assiette de fromage en spéculant sur l'appétit de son frère. En plus, le commentateur y va de sa petite mayonnaise pour faire monter les nerfs de sa mère qui explose : « Cette propagande à la télévision, c'est une honte! » Qu'est-ce qu'elle en sait? Comme tous les gens qui ne savent rien elle sait! Plus elle essaye de défendre le Shah et plus sa fille s'emmêle les spaghettis dans son assiette. Soudain une photo géante de celui-ci en train de prier apparaît dans le dos du chou-chou, comme s'il allait l'étrangler par-derrière. Et c'est assez pour brouiller le visage de Marie dont tous les traits deviennent flous. La foule s'est tournée vers elle maintenant, en la montrant du doigt, et des milliers de manifestants s'apprêtent à enjamber le poste de télévision pour envahir la cuisine des Untel alors Mimi court se refugier dans la salle de bains. Elle n'entend même plus sa mère tambouriner à la porte, qui la somme de se calmer, dans sa tête c'est l'émeute, des milliers de voix crient « A mort toutes les Marie! » Elle a le visage à marée basse, et les paupières de ses yeux, dessinés par la force mystérieuse de ceux qui ont tout perdu, sont légèrement ourlées comme l'empreinte d'une vague sur le sable. Mimi essuie les larmes en pétrole tracées sur ses joues par son rimmel qui coule, et s'en va chez sa princesse. Avenue Montaigne, Sépideh lui dit qu'elle ne pourra pas le voir parce que c'est trop risqué et l'emmène au cinéma pour lui changer les idées, et ça lui donne des idées... En sortant, Marie court au parking chercher Gérard. Tous les deux cachés derrière une Simca 1000, observent les allées et venues devant l'hôtel particulier de l'ambassadeur d'Iran dans le 17e arrondissement. Des cars de CRS montent la garde devant une maison grillagée aux volets tirés derrière lesquels brille une lueur rouge. Mimi regarde avec une telle émotion la fenêtre comme si c'était la lampe du Saint-Sacrement, qu'elle ne voit même pas un homme en imperméable gris se rapprocher d'elle. L'homme en gris n'aime pas les curieux... Mais les curieux n'aiment pas non plus l'homme en gris, alors tout finit bien et Gérard raccompagne Marie place des Ternes.

Marie passe six jours à la Martinique où elle prend le soleil comme une Anglaise de Liverpool. Six jours et six nuits où son sommeil est chatouillé d'une multitude d'hommes grenouilles ressemblant à des petits poissons rouges qui nagent sous sa robe de coton jaune en criant « A mort le Chat! » Le temps d'écrire quelques cartes postales pour rentrer juste quand elles arriveront, et les deux filles sont déjà en train de faire leurs valises. Mais comme il n'y a plus aucune place dans l'avion avant la fin de la semaine, la dernière chance qu'il leur reste d'être à Paris avant le retour du Shah, c'est de passer par Los Angeles, alors Sépideh et Marie s'envolent pour Hollywood où elles font escale pour la nuit en attendant le vol d'Air France du lendemain. A Los Angeles, en louant une voiture, elles se perdent dans le parking de l'aéroport qui monte en spirale dans les airs comme une grosse coquille d'escargot. Les cheveux à bâbord au volant d'une belle américaine aseptisée, les deux amies traversent Beverley Hill, où le premier qui trouve une poubelle me fasse signe, et débarquent dans le seul hôtel libre de la cité du cinéma; espèce de navire gothique échoué sur les bords de Sunset Boulevard à l'époque du muet. Le château Marmont s'élève dans les étoiles comme la cathédrale des cinéastes américains et on s'attend à tout moment à voir surgir de son salon Rebecca en robe de bal au bras du Citizen Kane. Les deux filles ont la 17 A à côté de la 17 B, qu'occupe une bande d'Italo-Américains aux cous découpés par de grosses chaînes en or auxquelles pendent leurs croix de baptême. Plus catholiques qu'américains, plus italiens que catholiques et plus machos qu'italiens : Joe Pespi comme le Cola et ses amis Boby, Treat et Tommy sont tous des acteurs. Mimi sait tout ça parce qu'elle a lié connaissance avec eux dans l'ascenseur et qu'ils l'ont invitée à boire une Pina-Colada au bar de l'hôtel. Le plus beau, Boby, mais aussi le plus timide, celui qui sort à trois heures du matin pour aller faire du business, vient de terminer un film où il joue un chauffeur de taxi, lui explique Joe, le Hardy de Boby. Mais Boby ne connaît pas *personnellement* David Women, alors Marie n'insiste pas, il est secret, Boby, beaucoup plus que Joe, Treat et les autres. Les autres, quand ils parlent des femmes, ils les traitent aussi bien que les chewing-gums qui ne quittent pas leurs bouches : ils leur font des bulles ou les collent sous la table. Pourtant la nationalité française est un label de qualité à leurs yeux, et même si ça les excite de faire répéter des gros mots à Marie en la blaguant sur son accent, ils la respectent la *Frenchy*. Très vite Joe et Mimi sympathisent et très vite Joe dit à Marie que sa petite amie Kate était costumière sur « Les hommes de la Maison-Blanche », et qu'elle connaît très bien David Women, que... Mais la princesse vient d'arriver pour emmener Marie dîner. « Dommage! il était si sympathique Joe! – Oui mais si vulgaire! » ajoute Sépideh en démarrant en trombe sur Sunset Boulevard.

Sépideh connaît Los Angeles comme la poche de son vison. Les endroits les plus chers n'ont pas de secret pour sa carte de crédit. Elle emmène Mimi à « Ma Maison », le meilleur restaurant de la ville. Pendant le dîner, la princesse a complètement oublié Joe, Treat et les autres; tout ce qui l'intéresse ce sont les manières de l'aristocratie californienne qui dîne à la table à côté. Lorsque les deux filles regagnent l'hôtel il y a un petit mot pour la Française que le portier lui tend avec sa clef. C'est le numéro de David Women à New York!...

C'est vraiment pas drôle! Dans l'ascenseur Marie compte les étages : 10, 11, 12, 13, 14... Si j'arrive aux dix-septième sans m'arrêter, j'irai dire au revoir à Joe! se dit-elle. Gagné!

« Qu'est-ce que tu racontes? lui demande Sépideh en introduisant sa clef dans la serrure du 17 A.

– Rien, je vais aller dire bonsoir aux Italiens!... Je reviens tout de suite! » Sans même attendre sa réponse, Mimi s'enfuit en courant à l'autre bout du palier. La princesse grimace rien qu'en repensant à leurs chaînes en or, puis disparaît derrière la porte de sa chambre en lui collant un « Don't disturb » sur les reins. Quand la Française frappe à la 17 B, c'est Joe qui vient lui ouvrir. Treat et Tommy sont affalés devant un poste de télévision. Joe l'entraîne dans la salle de bains où une fille, posée sur le rebord de la baignoire comme un pot de chrysanthèmes sur un balcon se tripote les cheveux avec une grosse brosse de plastique rouge; c'est Kate! Hello Kate! Le temps d'exhiber son chewing-gum dans un « hai » nasal et Kate reprend son bichonnage d'un mouvement monotone et triste.

Ce n'est pas une blague, Kate à téléphoné à David Women pour lui raconter l'histoire de la « Frenchy ». Il paraît que David s'est marré et a demandé quel âge avait grand-mère. Lorsqu'il a su qu'elle avait dix-huit ans, il l'a invitée à lui téléphoner le jour où elle passerait à New York. Voilà! David habite le dernier étage de « Mea Fair House » et si grand-mère lui téléphone, c'est avant sept heures du matin, parce qu'il part faire son jogging après. Marie n'y croit pas, vous non plus j'en suis sûre. Pourtant il est très sérieux! *He is not kidding!* comme il dit. Bizarre cet homme! Pourquoi fait-il tout ça puisqu'il sait très bien qu'il ne couchera jamais avec la Française. Peut-être ne le sait-il pas... Tommy et Treat font irruption de leur poste de télé et proposent d'aller faire un tour de patin chez Helen.

« Are you coming, little frog? »

La petite grenouille ne peut pas venir à cause de sa grande sœur qui l'attend, leur dit-elle en rougissant, mais elle viendra embrasser ses « little crapauds » demain avant de prendre son avion.

Toute la nuit, le petite grenouille se retourne dans son lit sans trouver le sommeil. Elle se dit que si elle ne vit pas ce rêve jusqu'au bout, elle ne pourra jamais en vivre d'autres et que sa vie sera bonne à déchirer en mille morceaux. Seulement que faire? Sépideh ne la laissera jamais partir toute seule à New York; surtout pour David Women. L'aube se lève sur le château Marmont et Mimi n'a toujours pas trouvé de solution pour se sortir des griffes de sa princesse. Très vite arrive l'heure du départ; où il faut dire au revoir à Joe, payer la note de l'hôtel, monter dans la voiture, rouler sur le *high-way* sans se perdre, *parker* la belle américaine dans la coquille d'escargot, trouver un porteur, faire la queue au comptoir d'Air France... Soudain, sans le faire exprès, une idée germe dans la tête de Mimi.

Dès que son amie a le dos tourné, elle fait disparaître la couverture en plastique bleu de son passeport sous son T-shirt et commence à prendre un air affolé en fouillant dans son sac. Sépideh est exaspérée! Elle a envie de gifler cette petite gourde qui fait attendre tout le monde. « Tu as regardé dans ta valise? Et dans ta trousse de toilette? Regarde encore!... Et dans ta veste? Vérifie!... » Ça y est! Mimi se rappelle enfin où elle l'a vu pour la dernière fois : c'était sur la commode de sa chambre à l'hôtel. « Il doit sûrement y être encore! » ajoute-t-elle victorieusement dès qu'elle voit s'allumer la lumière de l'embarquement immédiat sous le vol de Paris. Sépideh va exploser de rage et fonce à la banque changer des travellers pour donner de l'argent à cette petite idiote.

« Tu m'as comprise? Alors répète! lui crie-t-elle en posant sa mallette pour donner ses papiers au douanier.

– Je prends un taxi jusqu'à l'hôtel, lui demande de m'attendre, monte chercher mon passeport, redescends, remonte dans le taxi, retourne à l'aéroport, paye, et téléphone au prince pour lui dire à quelle heure j'arriverai à Paris... Ça marche?

– Ça marche! A demain! »

La princesse est absorbée par un tapis roulant et disparaît. La petite idiote attend encore une demi-heure pour être sûre que la grande idiote a bien décollé, puis va s'acheter un aller simple pour New York. Vol TWA 768, départ à 22 heures, arrivée à 5 h 55 heure locale à la Guardia... Thank you!

Elle s'allonge sur une banquette et s'endort. Vers 8 heures, elle avale un Chili con carne dans une cafétéria du premier étage, puis se dirige vers la *porte 57*.

Dans l'avion, il fait nuit. Le film fini, quelques veilleuses s'allument et une abeille passe entre les rangs pour voir si tout va bien. Tout va bien. Il y a les tordus de l'accoudoir, les maniaques du fauteuil incliné, ceux qui dorment la bouche ouverte en emmerdant tout le monde, et ceux qui ne dorment pas, comme moi.

Depuis deux jours ma vie est un roman, dont je saute d'heure en heure les chapitres pour en connaître plus vite le dénouement...

Et hop je débarque à la Guardia, hop! je me précipite sur la première cabine téléphonique venue pour réserver une chambre à l'hôtel. « Sorry no room! », « Sorry no room! »... Ils ne savent dire que ça dans ce pays! Du Plaza au Chelsky : « no room ». J'abandonne la liste de mon guide véreux et regarde dans le bottin... A, B, C, D, E, F, G, H comme hôtel! A la dixième tentative, je tombe enfin sur un hôtel japonais dans l'East-Side où il reste une chambre avec douche. Et hop! Je saute dans un *yellow cab* : Kitimino hôtel please!... It's on 38 Street and Madison! Thank you.

Au centre du quartier des bureaux, le taxi jaune me dépose entre les mains d'un portier jap qui s'empare aussitôt de mon sac en nylon d'un air dégoûté (artiste ou campeur?) et je lui balance un gros pourboire, histoire de lui montrer que je campe dans un palais dix fois plus beau que son trou merdeux. Le Kitimino est un hôtel pour voyageur de commerce en quête de suicide. Pour 30 dollars vous avez pour les plus courageux : sa vue imprenable sur une buanderie, pour les plus pervers : de solides rideaux en nylon verdâtre et pour les intellos : une salle de bains qui est un appel à avaler une boîte de somnifères. Il n'y a que le téléphone qui donne un peu d'espoir dans la pièce et encore faut-il qu'il sonne! Sept heures moins cinq, j'appelle? Non attendons encore cinq minutes... Oh puis non! J'appelle. Allô! May I speak to mister Women please?... Oh!... Heu! Yes! Can you say than Marie call, a friend of Joana... MARIE! like the mother of God! M-A-R-I-E! M like marvelous, A like adorable, R, like remarquable, I, like...? I likeu... likeu... Intere-sting! and E like... *Et-ta-sœur*! Yes that me! My number is 986 45 36 room 13, thank you, by-by.

Tout est foutu! Il ne me rappellera jamais, Joe m'avait bien dit de lui téléphoner avant sept heures, maintenant c'est trop tard il est parti faire son jogging! Punaisé sur le mur de mon palais, il me faisait moins de mal que courant dans Central Park! A l'envers du rêve et tout ça à cause d'un sourire lancé distraitement à un Italien dans un ascenseur. Bon! Tâchons de dormir un peu au moins! Je m'ensable dans un sommeil en noir et blanc dont j'ai l'impression que je ne me réveillerai jamais. Lorsque tout à coup un bruit métallique retentit en stéréo dans mes oreilles... Allô ?

« Mary ?

– Yes... Comme c'est bon de dormir en anglais!

– It's David... »

Je dors et pourtant je ne dors pas... La voix résonne en couleur dans mes oreilles. C'est une voix grave et pourtant fragile, sans visage. Je bredouille un « hello » minable qui s'étouffe dans le silence, un silence qui écoute l'autre. Puis je bondis de mon lit : « Allô ?

– Yes, it's David.

– ...

– Where are you?

– At the Kitimino hôtel!

– Where's that?

– On Madison and 38 Street... It's a Japanese hôtel!

– Oh!... I am only two blocks from you!... Can I coming?

– Yes...

– What's your room number?

– 13.

– I'll be here in five minutes! »

C'est ça la vie, on attend dix ans et ça arrive en cinq minutes. Juste le jour où vous avez un bouton sur le nez parce que vous avez accepté le carré de chocolat que vous tendait votre voisin dans l'avion. *Five minutes* comme celles-là c'est votre vie en five minutes qui défilent dans votre tête, où vous cherchez désespérément à arrêter votre mémoire qui détruit tout sur son passage. C'est le moment où avant même que tout commence, on regrette déjà TOUT. On se dit : mais à quoi je vais pouvoir rêver maintenant? C'est *five minutes* où je crois qu'un peu de rouge à lèvres pourra encore tout changer, détache mes cheveux pour me donner un genre, enlève mes chaussures pour m'en donner un autre, les remets parce que c'était mieux avant... *Five minutes* où j'éparpille toutes mes affaires dans la chambre pour faire des taches de couleurs et lui donner un air plus gai, et déjà il ne reste plus qu'une minute. Une minute d'amnésie! Où brusquement je n'arrive plus à me souvenir des raisons qui m'ont fait attendre un inconnu dix ans dans un hôtel japonais. Lorsqu'on frappe à la porte, tout à coup ma vie passe au ciné-club 100 % dans sa version originale.

Mais oui, c'est bien lui! David Women en personne et en baskets! J'ai eu un quart de seconde d'hésitation parce qu'il taille encore un modèle plus petit qu'au cinéma, mais je l'ai reconnu à son grand nez.

Planté là, devant moi, il attend apeuré sur le palier que je le fasse entrer, traquant comme s'il allait passer une audition. Je n'ose pas bouger, il suffirait de souffler dessus pour qu'il s'enfuie à l'autre bout du couloir.

« May I come.

– Oh! sorry... »

Il entre en dévisageant la pièce comme si elle allait lui dévoiler le secret de sa présence ici avec cette Française qui a fait tous ces kilomètres pour le rencontrer.

« May I seat?

– Please do... »

Ses petits yeux d'écureuil me tiennent en respect et sans me lâcher du regard il tâtonne jusqu'au fauteuil où il s'assoit, maladroitement sur l'accoudoir. Pour me donner du courage, j'allume ma dernière cigarette, mais tous les sujets de conversation amorcés dans ma tête se consument en fumée avec elle. Tout va trop vite ou trop lentement, et je me rends compte que je n'ai rien à lui dire, ou peut-être trop à lui dire... Alors je ne dis rien. Dix ans de ma vie sont assis en face de moi, je ne vais pas les réduire en mots par politesse. Sorry mister Women, mais aujourd'hui c'est ma fête avant d'être la vôtre. Pourtant son visage d'écorché vif semble dire « la nôtre » comme si lui aussi avait attendu dix ans dans cet hôtel japonais ce rendez-vous avec cette Française. Son silence m'enveloppe d'une tendresse si douce, que je me sens soudain pleine de grâce et transparente, au bout de la route, comme si le fait qu'il soit venu était plus important que ce qu'il était, ou allait se passer.

« Why me? »

Il guette ma réponse comme un enfant inquiet et je m'accroche à ma chaîne en or autour de mon cou pour ne pas tomber. Quoi? Il a besoin de moi pour savoir pourquoi lui? D'ailleurs il a raison, qu'est-ce qu'il a de plus que tous les autres? 1 m 65 de grâce, de charme et d'intelligence?

Non, ce n'est pas ça... C'est cette façon si pudique de sourire la bouche fermée, comme si derrière ce sourire se cachaient tous ses malheurs. Il a le cœur au fond de la bouche. Et puis une force mystérieuse dans les yeux, qui lorsqu'il vous regarde, vous fait croire qu'être belle c'est être intelligente même quand on est bête. Je bredouille dans un anglais scolaire :

« You are so beautiful! » Et c'est son tour de sauter du trentième étage :

« Me? »

Il est si sincère dans sa surprise, que je suis obligée d'employer les grands moyens.

« Yes you! Not Al Pacino! Jack Nicholson! Or Robert Redford!... I would like so much to look like you...

– Oh! noooo! Please don't! » dit-il en éclatant de rire. Il rit trois secondes de trop, trois secondes qui me font mal, et je pique du nez au sud de nulle part. Un rêve ça n'a rien de drôle, dans quelques jours je serai en train de raconter aux papillons des murs de ma chambre l'histoire de la 13 du Kitimino hôtel et personne ne voudra me croire. Un rêve c'est le Bon Point que nous donne le Petit Jésus quand nous avons été sages, mais un Bon Point ça ne se mange pas et j'échangerais bien le mien contre autre chose, quelque chose, la chose... Pourtant c'est si bon d'être avec quelqu'un sans être avec lui! David m'a rejointe au sud de nulle part et il s'y sent très bien, sinon depuis une heure qu'il réfléchit, en silence, attaché sur son fauteuil comme s'il était à 10 000 mètres d'altitude dans un Boeing, il serait déjà parti, non? Tout à coup, il bouge, sa main bouge et se tend vers moi en appelant la mienne. Ma main va rejoindre la sienne et nos deux bras dessinent un pont du fauteuil au lit. Il veut en savoir plus sur moi, alors je lui raconte ma vie dans un cartable, sans lui parler de l'Iran. Puis c'est son tour : son amie Jeanne Moreau, le midi de la France, son rêve de tourner avec Gérard Depardieu et Woody Allen, les méfaits du tabac, la course à pied, l'Actor's Studio... Une demi-heure passe et nous n'avons toujours pas traversé le pont. Lorsque brusquement mon regard tombe et se blesse sur le collier en diamants du Shah oublié sur la table de nuit. Et c'est assez pour que les diamants me montent aux yeux; je me mets à pleurer du dix-huit carats. Alors le pont s'allonge et m'attire vers lui pour me faire basculer sur le fauteuil... Ça y est, j'ai sauté de l'autre côté de ma mémoire et les brillants s'éteignent dans la nuit que fait son épaule où j'ai posé ma tête. En me berçant dans ses bras d'enfant, il me rassure :

« Everything is fine... I am here... What do you want to eat? Chinese? Mexican? Italian or French food?... Or do you want to stay here?

– And you?

– No, YOU decide what YOU want to do! »

Avec lui il n'y a que ME qui compte et pour une fois qu'on me demande mon avis je le donne :

« Italian... No may be a Japanese what do you think?

Or a french one... I don't care!... I don't feel hungry, so it's as you want! »

Il regarde sa montre, il est déjà dix heures et demie, il va sûrement vouloir s'en aller... Eh bien pas du tout! Il me dit qu'il ne doit être au studio qu'à midi et demi pour terminer la syncro du film qu'il vient de faire. C'est décidé nous restons ici. Il m'embrasse sur la nuque, effleure ma bouche et nous traversons de l'autre côté du pont pour nous allonger sur le lit. Nos deux corps tremblent un peu et hésitent à se prendre, puis réfléchissent. Nous avons le temps, presque deux heures et même dix ans si nous voulons, alors pourquoi faire les choses n'importe comment quand elles ont mis si longtemps à se faire?

« I am ugly, are you desapointed? »

Quelle souffrance dans son regard lorsqu'il me dit ça! Quelle belle incertitude! C'est donc cela qu'il cachait si bien derrière son sourire : la laideur! Il est si poignant, comme si un mot, un regard de moi pouvait lui donner 1 m 90 que pendant une seconde je suis prête à m'enfermer toute une vie dans un hôtel japonais. Et puis je comprends qu'il est trop tard parce que j'ai compris trop tôt que mon père ne viendrait jamais plus au Kitimino ou dans un palais bleu.

« What are you doing this afternoon?

– Sleeping!

– I call you later and we do something tonight!

– OK! »

Je raccompagne David à la porte, la ferme derrière lui, et la rouvre aussitôt poussée par un pressentiment absurde : et si c'était la dernière fois que je le voyais? *Too late*, l'ascenseur l'a déjà avalé... Je retourne dans ma chambre pour me mettre au lit, impossible de fermer l'œil, je pense à moi, encore à moi et toujours à moi, et puis bien après à Sépideh, au coup de téléphone que je ne lui ai pas donné, au Shah, à David qui vient tout compliquer... Alors je saute dans mon jean et descends à la réception où le même portier jap me sourit jusqu'à se fendre le visage. Artiste, campeur ET amie de David Women, c'est plus chic, hein? Une rue, des voitures, des poubelles, des employés de bureaux, des marchands de saucisses, des bruits, des odeurs. Dehors New York est métallique et plein d'échos. Je marche tout droit, des kilomètres jusqu'à Wall Street Center comme j'aurais pu marcher sur la digue de Cabourg, sans prêter attention au monde qui m'entoure. Je me demande comment on va s'en sortir David et moi. David pour être à la hauteur du mur où je l'ai punaisé et moi pour passer de deux ans enfermée dans un palais à un petit déjeuner au Kitimino hôtel sans lendemain. Alors je marche, je marche, je marche et plus je marche plus je pense, je pense, je pense et plus je pense, plus tout se complique, se complique, se complique... imaginez le petit Jésus débarquant dans un hôtel pour vous faire l'amour... vous lui diriez remonte sur ta croix et laisse-moi tranquille. Comment fait-on pour ne pas mourir asphyxiée par ses illusions, vous savez, vous? Fantasmer un peu plus haut ou un peu plus bas... Un peu plus bas, ça veut dire quoi? Faire l'amour avec lui ce soir, un peu, beaucoup, passionnément, à la folie, pas du tout... On se reverra, on ne se reverra pas et après? Dix ans de ma vie pour un petit déjeuner foireux au Kitimino et mon avenir au fond d'une tasse de café? Jamais de la vie. Et si je donnais tous les bijoux du Shah à David Women? C'est ce que j'ai de plus beau, mon âme ne trouverait même pas un diablotin pour l'acheter, je recommencerai tout à zéro. Un zéro c'est déjà mieux qu'un 2 ou un 3, un zéro ça a l'avenir devant soi, c'est indépendant, ça a plus de chic qu'un 4 par exemple, un 4 c'est un chiffre déjà mort qui n'existe qu'entre un 3 ou un 5, un zéro ça a de l'humour, non? Si je lui donnais TOUT, cet homme m'aurait coûté tellement cher que je serais obligée de punaiser son sourire à vie dans mon cœur; et un sourire comme le sien c'est mieux qu'un compte en Suisse. C'est vrai je vais toujours chercher la solution de mes problèmes au fond d'une pochette-surprise, mais vous avez une autre idée? Oui! bien sûr! J'oubliais vous avez toujours plein d'idées! Alors prenez ma place!

... Et bonne chance pour les trente blocs qu'il vous reste à faire jusqu'au Kitimino... Je suis désolée, mais j'ai oublié mon argent à l'hôtel, c'est la vie! A moins que vous ne fassiez du stop je vous conseille de partir maintenant si vous voulez avoir une chance d'apercevoir David ce soir. A vos baskets... Prêt!... Partez!

Quand vous arrivez à l'hôtel, la grosse pendule du hall marque 5 h 30. Oui vous avez marché plus de trois heures dans le froid et vos mains ressemblent à des escalopes surgelées. Le super-Jap en chef de la réception vous tend la clef du 13 avec un papier plié en quatre. Le temps de tirer vos moufles avec vos dents pour déplier le papier sans que vos doigts gelés ne le fasse tomber par terre et vous saurez que David Women vous a téléphoné *at two thirty*.

« No message?

– No message miss!

– He did n't said when he will call back?

– No miss! »

No miss! No miss! On dirait que ça lui fait plaisir à ce monsieur « no miss » que vous n'ayez pas de message. Il vous dégoûte... D'ailleurs TOUT vous dégoûte : cet hôtel, cette ville, ces taxis jaunes, ces Japs, ces non-Japs. Une fois dans votre chambre, vous vous précipitez sur le téléphone pour l'appeler et puis vous raccrochez à la première sonnerie en vous disant qu'il vaut mieux attendre sept heures. Et puis à sept heures vous pensez que tout est foutu, il ne vous rappellera jamais. A sept heures et demie vous regardez avec horreur la vue de votre fenêtre sur la buanderie et vous allez chercher la boîte de Mandrax dans la salle de bains ça sera tout de même plus *confort* comme mort. Ce que vous pouvez être nulle quand vous vous y mettez et vous vous y mettez toujours quand vous avez la chance d'être un peu moins nulle! Dommage. On frappe, vous reprenez espoir en vous précipitant sur la porte : c'est la femme de ménage qui demande si elle peut ouvrir votre lit, vous lui dites NO et vous vous sentez en cage, sans barreaux mais en cage tout de même. Alors vous allez chercher un gant de toilette dans la salle de bains et vous le remplissez de tous vos bijoux. Vous hésitez un peu à mettre aussi votre médaille de première communion et puis vous la mettez... « C'est tout ou rien ! », vous parlez tout fort pour vous faire un public, c'est plus facile de souffrir en public. La Vierge en or blanc de la Bonne-Maman a rejoint les grands bijoutiers de la place Vendôme au fond du gant. L'effet est instantané vous vous sentez déjà beaucoup mieux, et vous rigolez, tristement mais vous rigolez quand même... Vous vous dites que c'est pratique d'avoir de l'argent, cela permet de se surévaluer en se mettant aux enchères à un prix qu'on ne vaut pas. La lettre que vous lui avez écrite vous fait honte, vous l'avez déchirée quatre fois, et quatre fois vous avez récrit la même, sans vous en rendre compte. *C'est tout ce que j'ai. Ce n'est pas assez, mais c'est déjà ça...*

Vous trouvez que ça fait un peu « je vous ai apporté des bijoux... » mais tant pis, c'est une question de rêve ou de mort. Lorsque tout à coup, au moment où vous vous y attendiez le moins, le téléphone se met à crier dans la pièce, comme un nouveau-né. De quel droit vient-il vous compliquer la vie, alors qu'elle devenait si facile ? Il insiste, vous résistez. Il insiste encore et vous résistez toujours. Mais sa sonnerie qui pleure vous déchire le cœur, alors vous répondez, la voix en sueur :

« Allô ?

– Mary ?

– Oui...

– Where have you been?... I was looking for you all the afternoon...

– I was walking in the street...

– ...

– ...

– ...

– What happens, your voice looks strange?

– Nothing... David, I am leaving to Paris.

– When?

– Tonight.

– Tonight?

– Tonight!

– ...

– ...

– Why?... Stay few days more!

– I can't, I have to be in Paris tomorrow...

– At what time is your plane?

– Later in the night, but I have to leave now because of the traffic!

– Give me your telephone in Paris, I'll probably be there in April...

– It's 324 87 45.

– ... I... I want you to know... »

Il vous dicte votre ordonnance de vie, le E = MC2, le 1 + 1 = 2, le mode d'emploi de son sourire top-secret.

Quand vous raccrochez, vous foncez faire ma valise : séchoir à cheveux, affaires de toilette, passeport, vous n'avez rien oublié? Quelle importance! vous claquez la porte du 13 « So long! », puis vous descendez payer la note et sautez dans un taxi : Mea Fair House! Please hurry! Il est huit heures du soir et ça circule bien ce soir à New York. Le « yellow cab » remonte Park Avenue et coupe à la 40e pour rattraper l'avenue of America, puis s'arrête. « Can you wait one minute please and after we go to Kennedy Airport. » Comme vous n'osez pas entrer à l'intérieur de l'hôtel, parce que vous avez trop peur de le croiser, vous laissez le gant de toilette enveloppé dans un sac en plastique de la teinturerie du Kitimino à un portier, à qui vous trouvez une bonne tête parce qu'il a dépassé la cinquantaine. « Please, it's for mister Women! » vous glissez 50 box dans la poche de son manteau en le suppliant d'y aller tout de suite. Vous le regardez disparaître à l'intérieur du Mea Fair House et faites signe au chauffeur de démarrer. OUF! De moins zéro vous passez à zéro et vous avez déjà plus chaud.

Le jour se lève sur Charles de Gaulle Airport et j'ai décidé de rompre avec le Shah. Définitivement, brutalement, sans réfléchir, pour toujours, c'est comme ça. Toutes les décisions importantes dans ma vie je ne les ai jamais préméditées, elles sont toujours arrivées d'elles-mêmes, naturellement, sans moi presque.

Pourquoi? Je ne sais pas pourquoi je le quitte et pourtant j'ai besoin de le quitter, un besoin si violent, si puissant qu'il me dépasse. Et puis entre le Shah et David Women, il y a une ligne droite, un même sourire qu'il me faut suivre.

En débarquant place des Ternes, dix messages de la princesse m'attendent à la maison, dix messages où elle me demande de la rappeler et je la rappelle. Le Shah est à Téhéran, nous devons prendre le vol de trois heures cet après-midi. Je ne lui fais pas part de ma décision, ça ne la regarde pas, mais j'en parle aux autres. Les autres ne me comprennent pas, sauf ma mère, comme toujours dans les moments difficiles. La Palatine comprend TOUT sauf les bijoux. « Mais POURQUOI lui as-tu donné tes bijoux? » Là aussi, je ne sais pas quoi répondre à ses pourquoi pour payer « la chose » que je n'ai pas su donner à David Women avec les bijoux du Shah, 1,90 m peut-être. Je l'ai fait comme elle, quand elle donne de l'argent le dimanche à la quête, gratuitement avec l'espoir qu'un jour ça me reviendra.

Quand j'arrive à Téhéran, les mains vides et sans valise, Amir ne s'inquiète même pas de mon absence de bagages. Tant mieux, lui non plus ça ne le regarde pas. Il tient absolument à m'emmener à l'Opéra ce soir, ce n'est pas vraiment le moment, pourtant il a l'air si déçu que je finis par céder une fois de plus, mais la dernière. Comme la robe longue est obligatoire à cause de la Shahbanou qui risque de venir, j'enfile un corsage blanc et une jupe de velours noir qui fait très choriste de l'orchestre de Paris du dernier rang. Très bien, je suis juste assez moche pour avoir de la classe. L'Opéra est une basse-cour de province pour spectateurs en quête de rêve comme il faut. Amir me présente à deux ambassadeurs dont j'ai oublié le nom, mais qui me regardent avec un air, mais un air... Sans scrupules à l'égard de leurs femmes qui semblent avoir renoncé à cet air le jour de leur mariage. Je suis assise au quatrième rang, à moitié écrasée par un attaché d'ambassade sourd qui a un marteau piqueur à la place du coude, et devant moi, il y a une Carmencita, piquée d'un faux camélia, qui va m'obliger à jouer à bison futé si je veux voir quelque chose... C'est pas grave de toute manière j'ai sommeil. Tout à coup, tout le monde se lève et se retourne en direction de la loge impériale en entonnant l'hymne iranien. Je monte sur les pieds de l'attaché pour essayer de voir si... Mais non.

Je suis si intimidée par la présence de la Shahbanou que je n'ose pas la regarder en face et fixe désespérément son diadème dont l'éclat des pierres m'éclabousse les yeux jusqu'aux larmes. Amir, qui prend mes problèmes oculaires pour du patriotisme, me tapote affectueusement la main. Puis l'étoile en diamant fait signe au poulailler de s'asseoir, et la salle se fait noire. Le rideau s'ouvre sur Gisèle vêtue d'un kleenex froncé tout autour de la taille, qui martèle le sol de ses petites pointes roses dans un pas de deux. Petit à petit, les pointes qui se disputent entre elles deviennent floues, puis disparaissent totalement et je m'endors en soliste sur l'épaule de mon dernier eunuque. Je suis à New York dans la 13 du Kitimino, en train de crucifier le Shah au mur de la chambre avec les punaises que me tend David Women. Sans un mot, sans un reproche, Friflo se laisse faire comme si lui aussi avait attendu toute sa vie d'être punaisé au Kitimino hôtel. Quand j'ai fini, David essuie mes larmes sur son T-shirt, et me console doucement en me disant que c'est bien mieux comme ça, comme ça, il aura la vie éternelle. Puis il reprend sa boîte de punaises et la fait disparaître dans sa grosse sacoche de plombier et il s'en va. Soudain je me retrouve seule, même Friflo s'est effacé du mur et a disparu. Le mur est nu, alors, je crie je crie, plus je crie et plus on m'applaudit...

J'ouvre les yeux : c'est l'ovation pour le kleenex étoile et toute la salle est debout, sauf moi.

Une fois de retour dans ma maison sans barbe, je fais mes valises. Mes affaires ne me ressemblent plus, alors je décide de les abandonner toutes. Et puis j'attends, le lendemain. Le lendemain **j'attends, j'attends,** l'heure du café. A force d'attendre je deviens folle. Malgré les persiennes tirées, il fait une chaleur étouffante aujourd'hui...Peut-être que si nous nous retrouvions dans un jardin, à la terrasse d'un café ou dans une ambassade, je ne me sentirais pas le courage d'aller jusqu'au bout : mais ici, sur ce canapé, dans ce salon bleu avec ces miroirs aveugles qui ne reflètent plus rien et ce champagne sans bulles, je voudrais être quelqu'un d'autre.

Quelqu'un d'autre! C'est ridicule! Ai-je jamais été

moi-même? Et pourtant pourquoi dois-je lui faire du mal pour me faire du bien, pourquoi?

Dès qu'il entre et que je vois son costume gris devenir bleu comme les murs, déjà il se met à pleuvoir sur mon visage. Mon amour semble enfoui dans une mémoire souterraine où je ne peux plus accéder. Je me sens étrangère à moi-même, poussée au bord du précipice par une force que je ne me connaissais pas. Et lorsque ses yeux inquiets se posent sur les miens, il m'observe avec une telle intensité, comme s'il cherchait sur mon visage la pièce de puzzle qu'il lui manquait, que je replonge dans le néant. J'entends ses questions résonner dans mes oreilles comme une sirène de détresse :

« Parle-moi!... Qu'est-ce que tu as?... Dis quelque chose, réponds-moi... je t'en prie! »

Pourquoi est-ce que je ne trouve plus rien à lui dire pour le rassurer?

Pourquoi est-ce que je me tais en fixant obstinément cette nature morte en face de moi?

Il attend un mot sur mes lèvres, un mot qui effacerait toute sa solitude, et ce mot ne vient pas. « Ne serait-elle pas en train de me faire une rechute à cause d'une blonde traversant le passage clouté? » semble-t-il se dire sans écouter les sanglots de ma voix qui pleurent déjà au passé. Il se demande que faire sans chercher la réponse. La montée d'un pressentiment lui serre la gorge et tout à coup, son corps prend la même attitude douloureuse que le jour de la gifle. Une angoisse qui remonte à très loin, à une autre femme peut-être, l'enferme dans un silence qui ne m'appartient plus. C'est une prière à Mahomet, pas à moi. Moi qui aurais tant voulu comprendre ce qu'il taisait avant, je réalise maintenant que c'eût été trop lourd à porter. Pourtant je me sens trompée, j'ai envie de me jeter sur lui pour lui crier que Jésus, Mahomet ou Bouddha, ils ont tous des boules Quiès, que moi j'ai bien mieux, moi j'ai des oreilles! Mais je n'en fais rien, à la place je prends sa main et la presse contre mes lèvres pour y tatouer ma bouche à jamais. Je sens qu'il sait... Mais que sait-il? J'ai donc raison? Il sait tout depuis le début. Depuis le début, il attendait ce moment et puis il l'avait oublié, et voilà qu'il arrivait aujourd'hui dans la douleur et la violence, comme il l'attendait. Toutes ses caresses se fondent les unes aux autres et j'ai l'impression qu'elles veulent toutes dire la même chose : « N'ai-je pas cru en elle? Ne m'a-t-elle pas promis un jour, la tête sur mes genoux comme maintenant? » Je baisse les yeux devant sa douceur, sa pudeur et tous ses efforts pour ressembler à mon père. Toutes les belles phrases que je m'entends prononcer me font mal tant elles me paraissent vieilles et raisonnables : « Je t'aime, mais... Il faut se quitter... C'est mieux. » Comment? Moi si bas? Moi en arriver là? Et pourtant si sincère. Il soupire d'une immense lassitude en caressant les cheveux de cette petite fille tombée dans un de ses palais par accident, il se souvient, il neigeait en Perse...

« Peut-être que si tu... » Sa voix tente de se faire

aérienne, mais elle s'écrase au milieu de sa phrase. Et il tâche de se reprendre dans une pirouette avec un ton presque moqueur, pas par orgueil mais pour ne pas rendre les choses encore plus difficiles :

« Peut-être que dans une semaine, un mois... Peut-être deux! Pas plus! On viendra me dire que mademoiselle Vinaigrette est arrivée à Téhéran et veut me voir... Réfléchis, ça me ferait si plaisir... Ne m'oublie pas! En tout cas pas si vite... Attends-moi!

– C'est promis, dans un mois... Peut-être deux! Pas plus!... Je t'aime. Je l'écrirai même sur mon passeport, profession : J'aime un Shah! »

C'est la première fois que je lui mens pour de vrai. Je sais que je ne reviendrai jamais... Parce que je l'aime et que je lui ai menti. Il se lève. D'un geste, il défroisse les plis de son costume, son costume qui redevient gris comme avant. Je regarde une dernière fois son visage sans nuage et ses yeux qui se levaient comme deux soleils tous les jours à l'heure du café sur moi, celle qui l'a déjà oublié. Je regarde ce sourire qui s'effrite à cause d'une cicatrice aux bords des lèvres qui masque toute sa vérité, et je me dis qu'un jour, peut-être, j'écrirai un livre avec l'une des miettes de ce sourire. Je sens le souffle chaud de sa bouche sur mon front et déjà la porte s'est refermée. Toutes mes forces m'abandonnent, je reste debout les bras pendants, immobile et vide, remplie de mort. Ma beauté est partie avec lui et la sienne reste avec moi. Quelle importance! Elle circule, voyage de palais en Kitimino hôtel, de petite fille en costume gris.

Quelle importance! Elle existe et je ne marcherai plus dedans. Je m'allonge sur un tapis, en fermant les yeux et plonge dans le néant. Tout à coup ma vie se met à défiler si vite que j'ai du mal à la suivre... Il y a encore quelques instants je croyais l'avoir rattrapée et puis pas du tout, je me rends compte que je cours encore après. Je n'ai plus qu'une envie : me lever et courir le rattraper dans l'escalier pour lui dire « Attends-moi ! »

Soudain je me sens seule, orgueilleuse d'être seule, inquiète de cet orgueil et pourtant si heureuse de cette inquiétude... Voilà !

Maintenant les murs de ma chambre sont blancs. Parfois légèrement teintés de rose le matin ou de bleu à la tombée de la nuit, mais pourtant ils sont toujours blancs. Ce sont des murs sans visage et je les aime comme ça. Je ne suis jamais retournée en Iran, jamais. Pendant quelque temps j'ai confondu héroïsme et Héroïne et puis j'ai appris l'orthographe, j'ai remplacé la drogue par des amis et j'ai recommencé à faire *tric-trac* toute seule, comme une grande, comme tout le monde... *Tric-trac, tric-trac, tric-trac...* Je n'ai plus jamais pleuré de larmes en diamant, je pleure toujours, mais un peu moins qu'avant, avec 90 % d'eau, comme tout le monde et personne ne voit la différence... Voilà !

Mes devoirs sont finis et c'est l'heure de refermer mon cartable. Où est passée la miette? Je ne la trouve plus !... Elle était encore là, sur mon cahier tout à l'heure... Vous ne l'avez pas vue? Ah! La voilà! Ouf! J'ai eu peur. Je la glisse dans ma trousse entre mes crayons et ma gomme et enferme mon cartable dans un tiroir. J'ouvre la fenêtre, c'est l'été : la rumeur dit que Friflo est mort assassiné d'une piqûre de moustique. Un moustique américain qui aurait perdu la tête en confondant une chambre d'hôpital avec un terrain de foot. Quelle importance! Il fait beau, le moustique est mort et mon chat dort... Chut!

Cet ouvrage a été réalisé sur
Système Cameron
par la SOCIÉTÉ NOUVELLE FIRMIN-DIDOT
Mesnil-sur-l'Estrée
pour le compte des Éditions Balland
le 6 janvier 1986

Imprimé en France
Dépôt légal : janvier 1986
N° d'impression : 3687
ISBN : 2-7158-0570-5
F 2.6109